As mães são **muitas**

As mães são **muitas**
Katixa Agirre

PRIMAVERA
EDITORIAL

Gostaria de agradecer a ajuda de Ibone Olza, María Ramos, Lizar Aguirre, Virginia Senosiain, Harkaitz Cano, Amaia Agirre, Aixa de la Cruz e a todos que se encarregaram de cuidar dos meus filhos enquanto eu escrevia.

Sumário

Primeira parte. **Criação**

    1. A revelação, **11**
    2. A decisão, **29**
    3. *Natural killers*, **41**
    4. Medicina forense, **53**
    5. *Family friendly*, **71**
    6. Primeiro aniversário, **97**

Segunda parte. **Violência**

    1. Matar as crianças, **113**
    2. Jade/Alice, **125**
    3. *Juxta crucem* lacrimosa, **149**
    4. Os sonhos das mães, **167**
    5. Reunião para sentença, **187**
    6. Alquimia, **199**

Primeira parte
Criação

1.
A revelação

> "Filhos, para dentro de casa,
> que lá tudo estará bem."
>
> **Eurípides, Medeia**

Aconteceu em pleno verão. Foi uma quinta-feira à tarde. Aquele dia a babá cruzou a porta da casa de Armentia como quem abre as portas do inferno: de má vontade e com as bochechas vermelhas. Como sempre, as suas quatro horas de descanso às quintas tinham terminado demasiadamente rápido. A menina se chamava Mélanie e levava nove meses em Vitoria-Gasteiz aprendendo espanhol e decidindo qual deveria ser seu "próximo passo" na vida. Trancou a bicicleta na parte de trás, tentou tirar o barro impregnado nas sandálias e entrou feliz em casa. Não escutou barulho algum; deu uma olhadinha discreta na cozinha, na sala, naquele cômodo que às vezes servia como sala de estudo da patroa. Nada. Aquilo parecia bom. Permitiu-se pensar um pouco no menino com quem tinha passado a tarde, aquele que a tinha convidado para dar uma volta de bicicleta pelo parque de Salburua. Nada mal, mas...

Não gritou, não chamou a patroa, foi totalmente silenciosa pensando que talvez – ainda que a possibilidade fosse remota – os gêmeos estivessem dormindo, pois, como a essas alturas já sabia, eram crianças de sono muito leve. Mas se o milagre tivesse acontecido, se as crianças realmente dormissem tranquilamente, então talvez ela pudesse tomar um banho. Estava com os shorts e os tornozelos cheios de barro. Quando se jogou na grama com o menino que acabara de conhecer não se deu conta de que a terra estava úmida.

Tirou as sandálias para subir as escadas forradas com carpete. Foi ali, no último degrau, onde sentiu a vibração. Algo que, a não ser pelo que aconteceu a seguir, esqueceria no mesmo instante. Ela o descreveria como instinto de fuga: se viu em cima de sua bicicleta, ladeira abaixo a toda velocidade, sem olhar para trás em nenhum momento. Não era a primeira vez que um impulso assim a estremecia desde que trabalhava nesta casa, mas desta vez não se deteve. Como se deteria. Em vez disso, seguiu corredor adiante. Chegou ao dormitório dos patrões, a porta estava entreaberta. Conteve a respiração. Foi se aproximando discretamente e viu dois pacotinhos em cima da cama dos pais, cobertos quase completamente por um cobertor branco, onde apenas se podia ver duas cabecinhas. Eram os gêmeos, ambos com os olhos fechados. Ao lado, sentada em uma poltrona listrada de tapeçaria, estava Alice Espanet, de camisola e com um seio à mostra. O esquerdo.

A babá, uma *au pair*[1] de vinte e dois anos, natural de Orleans e até então uma menina alegre e um pouco brega, não disse nada, ou não se lembra de ter dito. Se aproximou, isso sim, trêmula. E enquanto dava esses cinco passos, um pouco desatentos, sua cabeça deu um branco. Não olhou para a mãe, não pôde. Se sentiu vazia, apagada, evaporada, morta pela primeira vez em sua existência.

---

1 *Au pair* é uma expressão francesa que significa "ao par", ou seja, em termos iguais, intercâmbio em igualdade de condições. [N. T.]

Apenas tocou os pacotes. Meio segundo foi suficiente. Os gêmeos não se moviam, mas não estavam dormindo. Os lábios roxos, a pele fria. Ambos sem roupas. O lençol ainda úmido.

– Agora estão bem – disse a mãe com a voz serena, mas Mélanie deu um pulo deixando de ouvi-la: lhe parecia uma voz terrível, insuportável.

E o pior era sua atitude: calma, quase desinteressada, indiferente. A babá pegou o telefone da mesinha – ainda que não se lembre de ter feito isso –, o mesmo que geralmente usava para ligar para França nas raras vezes em que ficava sozinha. Mas desta vez pediu com angústia uma ambulância, um exército de policiais e outro de bombeiros, qualquer coisa que chegasse o quanto antes, por favor. A conversa foi gravada e por isso se soube que durou dois minutos, que existiu uns e outros problemas de comunicação, suspiros, choros e descrença, e tudo indica que durante esse tempo Alice Espanet permaneceu paralisada, não se moveu da poltrona, nem sequer para cobrir o peito esquerdo.

Finalmente, do outro lado da linha entenderam a magnitude dos fatos e a maquinaria começou a operar: em pouco tempo, por volta de uma eternidade, a casa de Armentia ficou abarrotada de gente. Era uma casa grande, porém discreta, que Alice Espanet e seu marido tinham estreado havia menos de cinco anos depois de muitos dissabores por conta da pouca formalidade de certo arquiteto estrela. Quando chegou o caos, Mélanie esperava do lado de fora, sentada na escadaria da entrada, abraçando os joelhos, retirando o barro dos tornozelos. Fizeram-na entrar na cozinha, sentar-se em uma cadeira. Fizeram-lhe perguntas, buscou respondê-las, mas não podia sequer respirar, muito menos falar. Alguém ofereceu um copo de água; outra mão amiga passou um comprimido, que ela engoliu sem perguntar o que era.

Durante horas, as luzes das ambulâncias e os carros de polícia iluminaram a entrada principal do chalé. De longe parecia a celebração de uma festa de inauguração, e não foram poucos os vizinhos, as pessoas se exercitando ou apenas de passagem que se aproximaram dali. Era uma tarde quente de verão, pouco comum em Vitoria-Gasteiz, propícia para a reunião das bruxas ao ar livre. Com exceção de Mélanie, ninguém queria ir embora, menos ainda quando os rumores começaram a se intensificar e ficar cada vez mais aterrorizantes.

O pai, Ricardo para os clientes e Ritxi para os amigos, chegou apenas dez minutos antes do juiz, com a pele impregnada de suor do dia todo. No mesmo momento em que Mélanie entrava na casa dando por terminada sua tarde de descanso, ele acabava de sair de Madrid em um carro com motorista. Teve que presenciar como enfiavam os pequenos corpos dos gêmeos em sacos cinzas, além de testemunhar a forma como colocaram sua esposa no carro de polícia, vestida às pressas com uma calça de malha e uma camiseta folgada que usava para fazer pilates. Não estava com as mãos algemadas e isso, de alguma forma, tranquilizou Ritxi. Ele tentou chamá-la uma única vez, mas a mulher não se voltou para ele. Manteve-se ereta, o pescoço rígido dentro do carro, uma Eurídice de sal.

Mencionaram o nome de um hospital. O sétimo andar. Observação psiquiátrica. Mais tarde, também lhe ofereceram um comprimido, mas ele recusou com um tapa, seria capaz de ficar para sempre debaixo do sofá da sala.

Ninguém o viu chorar.

A babá se aproximou para avisar que dormiria na casa de uma amiga.

Ritxi a respondeu com as mãos, então Mélanie se preparou para fugir com sua bicicleta, exatamente como deveria ter feito antes de entrar no quarto principal. Mas desta vez também não foi possível. Ainda precisava passar na delegacia, ainda tinha muito o que falar. Esteve ali até que não tivesse mais lágrimas e a polícia se desse por satisfeita. E então pôde fugir. Deixou o país em poucos dias, mudou-se para Paris, onde durante algum tempo procurou trabalho como atriz. Teve um ataque de ansiedade quando, um ano e dois meses depois, teve de dar seu depoimento no tribunal.

Ele não tinha pais. Seu único irmão morava nos Estados Unidos. Recusou todas as ofertas de ajuda que lhe ofereceram os psicólogos de custódia e os amigos voluntários. Queria ficar em casa, queria permanecer sozinho. Foi tão incisivo que, depois da meia-noite, tiveram de deixá-lo. Na delegacia poderiam esperar até a manhã seguinte para ouvir o seu depoimento.

Durante esse intervalo, tirou todos os telefones do gancho.

Na manhã seguinte, precisamente às oito, uma dupla de policiais se apresentou à casa de Armentia, e um Ritxi de aspecto tranquilo, excessivamente tranquilo, na verdade, segundo declarou uma das agentes depois, abriu a porta de madeira americana. Sentiam muito por incomodar em um momento assim, mas seu depoimento era crucial, tinha que acompanhá-los e responder algumas perguntas. O homem pediu dois minutos para trocar a camisa – ainda estava com a do dia anterior, inclusive, com suor madrileno – e convidou os agentes a entrarem na casa.

Dito e feito, em seguida estavam prontos para sair.

A notícia chegou tarde demais à redação e não deu para virar manchete daquela noite, mas no dia seguinte a repercussão foi aterradora: era verão, e os meios de comunicação agarraram o osso com ânsia até convertê-lo no único ponto da agenda. O certo é que nesta segunda década do século XXI um caso de assassinato não é nada comum entre nós: algo que, quando acontece, trata-se de homens que comentem crimes contra suas parceiras ou ex-parceiras. Algo sem técnica alguma, insuperável. Por isso, despertam tanta curiosidade, tantos cliques, tanto ibope certos assassinatos, aqueles que não foram cometidos por homens contra suas parceiras.

O burburinho chegou até mim, como não. A princípio, tentei evitar a notícia, trocar o canal, pular a página, fechar as janelas. Se alguém comentava o caso na minha presença, esforçava-me para mudar o tema: fazia muito calor – um calor fora do normal – e me apegava a isso para mudar o rumo do assunto.

Quase todo mundo entendia que não era um assunto para tratar na minha frente. No entanto, sempre tem alguém sem a menor empatia: no açougue, no salão de beleza, em um casamento, na verdade, em qualquer lugar.

O tema era extremamente escabroso, e ainda mais considerando a *minha* situação. Não sabia nem como ter o primeiro contato com a notícia, assim, decidi ignorá-la. Foi um esforço ativo e consciente, um desafio do qual saí ilesa.

Mas, duas semanas depois, tudo mudou radicalmente.

Duas semanas depois que Alice Espanet matara – presumidamente – os filhos gêmeos, o sucedido começava a ser apenas uma lembrança turva para a imprensa e os cidadãos de bem. Na casa de Armentia, as flores deixadas pelas almas piedosas começavam a secar, e os ursos de pelúcia ofertados às crianças perdiam as cores.

Eu mesma me encontrava muito distante de tudo aquilo: presa na recém-inaugurada Unidade Obstétrica Funcional do Hospital de Basurto. Os comprimidos de prostaglandina começavam a fazer efeito e eu já sentia as primeiras contrações.

Assim estava eu, presa a um monitor, começando um parto induzido, à espera de uma dor inimaginável ou, nas palavras da psicanalista Helene Deutsch, de "uma orgia de prazer masoquista". (Nos meses anteriores eu tinha me dedicado a ler tudo o que chegava às minhas mãos sobre parto, inclusive qualquer baboseira desse calibre.) No meu caso, não podia ser de outra maneira, nem prazer, nem masoquismo, muito menos orgia de qualquer tipo.

Mas, sim, tive, da maneira mais inesperada, uma revelação. Uma revelação que condicionaria, se não minha vida (digamos assim, por respeito ao filho que estava prestes a nascer), pelo menos os dois ou três próximos anos.

Não está clara a função das contrações do parto: há quem diga se tratar de maldição bíblica, há quem diga que não passa de uma dor condicionada pela sociedade misógina. Atendendo a escassa evidência científica, pode-se dizer que a fisiologia do parto é, ainda, uma grande desconhecida para a medicina, como acontece tão frequentemente quando o implicado é o corpo da mulher. Há quem levante a hipótese de que essa dor particular é a única maneira que o corpo encontra de chegar diretamente ao paleocórtex, o cérebro primitivo. A esse primeiro cérebro fomos adicionando camadas e camadas de raciocínio até formar o neocórtex, nosso cérebro moderno; e se envolvemos o neocórtex, parir se converte em uma missão impossível. Precisamos recuperar o instinto réptil, voltar à selva, renunciar à linguagem articulada e à capacidade de nos sustentar em duas pernas: somente assim poderemos parir com fundamento, esquecendo a evolução, viajando milhões de anos ao passado. E, dessa forma, teremos a função da dor: nocautear o neocórtex, desativá-lo para que possamos sentir-nos, assim, poderosas gorilas da selva africana.

É só uma teoria, mas talvez explique por que respondi daquela maneira à primeira parteira que me ofereceu a epidural. A vadia queria me tirar da selva com a sua anestesia. Na verdade, era uma mulher doce, chamava-me de "filhinha".

– Você fez um grande trabalho, filhinha, o colo do útero já está apagado e a dilatação está em três centímetros. Quando quiser, levamos você para a anestesia.

– Não! Que merda, já disse que não quero!

Como vinha dizendo, naquele momento eu era uma gorila da selva. Às gorilas não se dirige a palavra.

A linguagem nos leva ao neocórtex.

Suponho que, como boa profissional, ela não tenha levado a mal meu ataque de fúria, e a verdade é que não me arrependo de ter dito o que eu disse. Coloco tudo na conta do paleocórtex; o que veio depois também. Três contrações mais tarde, chegou a mãe de todas as contrações, uma onda imparável que me levou diretamente a outra dimensão, a outro lugar e outra época histórica (tochas em lugar de lâmpadas, togas romanas em lugar dos jalecos médicos), e foi nesse exato momento que tive *a revelação*.

Onze anos atrás eu tinha conhecido Alice Espanet, a – suposta – assassina impiedosa e louca. E não só isso, durante uma semana vivemos porta com porta, ainda que, até então, não se chamasse Alice Espanet. Lembrei-me de tudo de repente, envolvida naquele redemoinho de dor. Como até então tinha evitado, na medida do possível, as imagens da imprensa, como não tinha voltado a pensar naquela menina desde que a perdi de vista e como onze anos não passam em vão, custou-me reconhecer essa cara. Mas uma confabulação de prostaglandina e ocitocina, unidas ao saber atávico do paleocórtex, me colocou a verdade diante dos olhos: eu tinha feito um trato com aquela mulher – supostamente – abominável, quando ainda era jovem e imatura, e não sabia nada da dor.

A revelação me deixou sem ar.

Mas acontece que, para suportar as contrações com alguma dignidade, você precisa ter controle sobre sua respiração. Isso é ensinado em qualquer curso de preparação de parto. Inspira em um, dois, expira em um dois, três, quatro. É um mantra. Se você perde o ritmo, adeus. A dor te pega e te esfrega contra um arbusto de espinho. Faz com você o que bem quer. Você perde toda a autoconfiança. Já não é uma gorila: é uma boneca de trapo patética, um farrapo.

No final fui obrigada a pedir a epidural, ao perder a concentração e o ritmo depois da revelação. O turno da parteira que me chamava de filhinha já tinha terminado, agradeci.

Enquanto a anestesia fazia efeito, eu dizia a mim mesma que precisava manter a revelação como era. Não sei por que relacionava a anestesia a efeitos amnésicos: não os tinha, assim, consegui me lembrar de tudo.

Sete horas depois nasceu Erik. Era muito pequeno, uma coisinha de dois quilos e cem gramas, quentinho e sujo. Colocaram-no em meu colo e seu corpo me deixou uma marca no peito, uma marca com o formato de Lanzarote. Foram momentos de confusão, explosão e incredulidade. Logo em seguida, tiraram-me o bebê; a sala de partos, de repente, ficou cheia de gente (ou talvez já estivessem ali há muito tempo) e todo mundo parecia ter pressa.

Enquanto acariciava o buraco que o filhote humano tinha deixado em mim, bombardearam-me com palavras que, naquele momento, não tinham muito sentido: teste de Apgar, líquido amniótico escuro. Na realidade, queriam apenas dizer que eu ficaria sem o bebê por algum tempo. Durante as últimas semanas de gravidez tinham diagnosticado o feto com a sigla PIG, mas o ginecologista, assim que solicitou a indução ao parto, já tinha mudado o diagnóstico para RCIU. Ainda que agora essas siglas já não tivessem importância, resta-me dizer que RCIU é pior que PIG, por isso a urgência de retirar o bebê de minhas entranhas. Enquanto PIG significa que o feto é pequeno para a idade gestacional, RCIU quer dizer que ele é *muito* pequeno. De todo modo, segundo o que afirmou aquele ginecologista antes de me deixar nas mãos de um atraente zelador, tudo ficaria bem: a gestação, na semana trinta e oito, poderia ser interrompida sem grandes complicações.

– Na maioria das vezes essas crianças não precisam nem de incubadora, não se preocupe – disse o médico depois de carimbar meu destino com aquelas letras.

E assim foi. Não precisou de incubadora. Oito horas na unidade neonatal, separado de mim, foram suficientes. Com seus dois quilos palpitantes, era o maior bebê daquela sala, segundo o que me dizia Niclas. Ele pôde visitá-lo em várias ocasiões e tirar fotos. A mim não me deixara nem sair do lugar, ainda tinha meio corpo anestesiado.

Niclas voltava emocionado, com uma pontinha de angústia – por isso repetia obsessivamente aquilo de "acredite ou não, ele é o maior de todos" –, dava zoom nas fotos para revelar todos os detalhes, e eu apenas dizia que estava cansada e que ele me deixasse um pouco em paz. Claramente eu estava esgotada, mas apesar disso eu não conseguia dormir. Dava meia-volta naquela cama de hospital e só pensava em Alice Espanet. *Jade* Espanet, quando eu a conheci. Talvez tenha sido uma artimanha psicológica para não pensar em Erik, para fingir que não estava preocupada e que tudo ficaria bem. A cada minuto eu confirmava se a marquinha com o formato de Lanzarote seguia ali, inclusive aproximava o nariz tentando captar aquele aroma doce e novo.

Por fim, trouxeram-me o bebê ao anoitecer. Tinha tomado banho, mas conservava o cheirinho penetrante que de repente me era tão familiar. Parecia-me um bolinho recém-saído do forno e tive vontade de comê-lo. Literalmente.

Um pediatra me deu todos os detalhes dos exames e análises aos quais tinham submetido aquele corpinho minúsculo, tinha curativo nas coxas pelas picadinhas de agulha, mas tinham-lhe dado analgésico. Na verdade, eu não queria saber nada do que tinha acontecido naquelas horas, a única coisa que eu desejava escutar é que tudo estava bem. E, sim, estava. Ainda que, efetivamente, ele fosse pequeno. Por razões desconhecidas – "da gestação ainda tínhamos muito o que saber", disse-me o pediatra com humildade –, em algum momento senti que pesava menos, pode ser, inclusive, que tivesse perdido alguns gramas nos últimos dias, e que por isso estava melhor fora do hospital; agora se alimentaria e cresceria, e logo alcançaria o percentil e não sei quais mais porcentagens e siglas ininteligíveis.

Querendo seguir à risca as confusas explicações da outra enfermeira, aproximei o bebê do meu colo e essa foi, mais ou menos, minha principal missão durante os meses que seguiram.

Eu era aquela coisa amorfa presa a duas grandes tetas que por sua vez prendiam um bebezinho lindo.

Essa era, pelo menos, a imagem que eu exteriorizava. Se alguém me revirasse por dentro encontraria mais dobraduras, e muito mais escuras. Estava com o períneo costurado – tinha sido apenas um corte de primeiro grau, mas... –, os mamilos em carne viva; pela primeira vez recebia a visita de hemorroidas, ainda sentia dores musculares nos braços e nas pernas pelo esforço bestial na última parte do parto e, por causa de uma anemia ainda não diagnosticada, sentia-me mais fraca que uma folha no outono. Além disso, tinha a questão do sono que às vezes me fazia uma leve carícia, mas nunca chegava a me dominar em um entorpecimento reparador e, o que é pior, eu nunca voltaria a desfrutar desse prazer.

Sentia-me dolorida, destruída, e dessa dor, dessa devastação física, não podia tirar nenhum proveito. Mas para além dos limites da dor, no entanto, Jade/Alice me rondava dia e noite. E eu sabia que não tinha outra opção: devia encharcar-me dessa inquietude. Afinal, sou escritora, e esse é o único mandamento claro que temos. Mas no estado em que me encontrava, era muito mais difícil entregar-me à minha obsessão.

Fiquei à sua mercê e isso me caiu bem.

Por isso, uma das primeiras coisas que fiz quando cheguei em casa com o bebê e tive uma mão livre (a criança estava no peito, claro) foi escrever uma mensagem a Léa. Faz onze anos que nos conhecemos e, ainda que tenhamos morado juntas apenas o primeiro ano, conseguimos manter contato de maneira exemplar apesar da distância. Primeiro foi o e-mail, mais tarde o Facebook e, nas últimas semanas da gestação, a pedido da minha amiga, migramos para o Telegram. Por meio desse último lhe enviei uma foto de Erik, sem adicionar, como fazem outras mães por razões que não entendo, o tamanho e o peso do recém-nascido.

Somente escrevi: "O Erik chegou, está bem".

Léa respondeu em seguida com parabéns e corações de todas as cores.

Meu telefone vibrou durante alguns segundos. Perguntou-me como eu estava, se tinha sido difícil. Respondi que não, sem entrar em detalhes que tirassem o foco da minha verdadeira missão. O aparelho ficou mudo. Esperei um pouco e então me animei, ainda que tenha demorado uns minutos mais para encontrar as palavras certas.

"Fiquei sabendo sobre a Jade."

Silêncio.

Será que tinha surgido algo e ela não pôde mais ler as mensagens? Estava sem palavras pelo horror dos acontecimentos? Ou será que não sabia nada – afinal, tudo tinha acontecido do outro lado da fronteira, já teria perdido o contato com essa mulher, Jade já nem se chamava Jade etc. – e simplesmente esperava que eu desse alguma outra pista para saber de que demônios eu estava falando?

Silêncio.

Era a primeira vez que comentava o caso com alguém. Para incubar a obsessão com fundamento, eu não tinha querido evocar o tema antes. Nem sequer com Niclas, mas agora Léa, a quem eu tinha escolhido (e necessitava) como confidente, faltava-me de modo cruel. Não era possível. Sem poder suportar a ansiedade, mudei Erik de peito antes de assegurar-me que tivesse terminado.

A mensagem de Léa continuava sem chegar.

Continuei esperando. Sem mais objetivos nem horizontes na vida. Enquanto isso, o bebê mamava, mamava e mamava.

Aquela dor nos peitos, suportada já com resignação.
Então o telefone tocou novamente.
"Como ficou sabendo?"
Ela, portanto, sabia. A notícia tinha chegado até Avignon. Com certeza. Mulher francesa afoga os filhos gêmeos na Espanha. Como não. Assassinato incompreensível. Perfis de Jade/Alice. Detalhes mórbidos, reais ou inventados. Lembranças de seus vizinhos da juventude. Nisso também os meios de comunicação tinham se apegado. Rapidamente lhe expliquei que tudo tinha acontecido perto da minha casa, a escassos sessenta e cinco quilômetros (lembrava-me bem que geografia não era o forte de Léa: quando comentei com ela pela primeira vez sobre Bilbao deu por certo que se tratava de uma cidade portuguesa), e que a notícia tinha causado um grande rebuliço.
"Estamos em choque. Não sei o que dizer."
E efetivamente não disse mais nada.
Erik jogou a cabecinha para trás, sinal de que já não queria mais continuar mamando, e depois de abotoar o sutiã de amamentação com os dedos trêmulos, coloquei-o no ombro para começar o que coloquialmente chamávamos "o desfile das flatulências".
Léa, de modo geral, não fechava a boca nem debaixo d'água. Era assim quando a conheci naquela universidade inglesa, e continuou sendo assim na nossa posterior relação marcada pela distância. E agora, justo agora, decidia me deixar pendurada, não matar minha sede ou renunciar a saciá-la. O que estava acontecendo? Talvez eu devesse pressionar mais um pouco?
Obviamente, sim.
"Eu imagino. Conversamos em outro momento então. Beijos."
Despedi-me com elegância, mas deixando uma porta bem aberta ("em outro momento" significava "o quanto antes"), e

finalizei o desfile das flatulências mais rápido que o normal. Erik se uniu a minha agitação e conseguiu se livrar dos gases em tempo recorde para logo em seguida pegar no sono: um fantástico cochilo de doze minutos.

●

Aconteceu no centro da Inglaterra, na região que chamam de Midlands. A universidade era nova, pequena, inaugurada no calor do momento da lei universitária aprovada na década de noventa. Tinha como especialidades principais esporte, negócios e comunicação. A sala dos professores ficava localizada em um dos blocos de uma única planta que tinha servido como hospital durante a Segunda Guerra Mundial. Ainda se podia ouvir naqueles corredores os gritos agudos dos amputados de outros tempos. Toda nossa existência girava em torno daquele *campus*. Morávamos em uma das residências estudantis, nos embebedávamos nas festas e, no dia seguinte, também a limpávamos por quatro libras e meia por hora. Ali fomos felizes de maneira simples.

Eu cheguei dia 8 de setembro. Léa, no dia seguinte. Morávamos uma em frente à outra, eu no apartamento A e Léa no B. Normalmente mantínhamos a porta principal aberta com a ajuda de um extintor, o que fazia parecer que vivíamos em um grande apartamento AB. Naquele corredor sempre havia movimento. Tínhamos também o hábito de deixar as portas dos nossos quartos abertas, pois não sabíamos quando poderia surgir a oportunidade de fazer qualquer coisa. Ali era impossível ficar sozinha, mas não me lembro de ter sentido falta dessa sensação. Risos, choros e promiscuidade sem direção alguma. Assim me lembro daquele período curto, mas bonito.

Uma versão intensa e, no entanto, amável da vida.

Léa não chegou sozinha. Vinha com uma amiga que a ajudaria a se estabelecer nos primeiros dias. Trazia muita mala, e parece que uma transportadora lhe era imprescindível. A transportadora se chamava Jade. O certo é que, a princípio, não prestei tanta atenção naquela dupla francesa, e menos ainda quando descobri que uma delas era uma intrusa. Eu era nova no *campus*, na cidade, no país, buscava amigos para todo o curso, não podia desperdiçar meu tempo com gente que estava de passagem. Quando você está em outro país e se ainda por cima precisa sobreviver usando um idioma que não domina, otimizar recursos se torna imperativo. É verdade que a beleza de Jade chamava atenção – aqueles olhos de gato –, mas não se mostrava muito amigável e era quase impossível decifrar o seu inglês. Dizia "Ai!" quando queria cumprimentar com "*Hi!*", por exemplo. Lembro-me dela em dois lugares: no fim da escada que separava os apartamentos A e B, escondida atrás de Léa, e em uma das primeiras festas, comemorada no apartamento C, se não me falha a memória, com um sorriso bobo, um copo de plástico e rodeada de meia dúzia de meninos de diversas procedências. Além disso, nada.

Eu tinha forçado a memória desde o dia da revelação, mas aquela mina já estava esgotada. Seus "ai!" e seus olhos de gato. Por ora, tinha que me conformar com isso. Não era mais que uma menina que tinha passado pela minha vida sem deixar grandes marcas. Uma pena. Mas o que eu esperava? Que de repente me viesse à mente um brilho maligno nos olhos da Jade de vinte e um anos e que, neste instante, percorrendo os caminhos da história no sentido contrário, toda a lógica causal seria revelada, nosso encontro, sua perversidade, as crianças mortas? Não, né? Então, por que eu me sentia decepcionada?

No dia da minha conversa frustrada com Léa tive um sonho estranho durante os vinte minutos de cochilo da tarde. No sonho Erik aparecia pendurado em um peito, no direito. No outro Jade tentava mamar, faminta. Para evitar que ela conseguisse, batia na testa dela com uma colher enquanto eu lhe repetia com um sotaque francês perfeito "*Fiche-moi la paix, putain*[2]", apesar de não saber francês.

De modo geral, ainda que não preste atenção nos meus sonhos, tenho que confessar que este caso de xenoglossia[3] me deixou mexida durante um bom tempo.

---

2   A expressão "*Fiche-moi la paix, putain*" pode ser traduzida ao português como "Deixe-me em paz, sua puta". [N.T]
3   Xenoglossia consiste no falar, de forma espontânea, em língua ou línguas, que não foram previamente aprendidas. [N.E.]

2.
A decisão

"As mães não escrevem, estão escritas."

Susan Suleiman

No outono deste mesmo ano, quando a maternidade já tinha me consumido física e psicologicamente por completo, depois de ter conseguido fazer com que Erik alcançasse o peso que delimitava a normalidade, com o consequente desgaste irreversível dos meus peitos, aconteceu uma coisa verdadeiramente surpreendente. Uma ligação interrompeu nosso habitual cochilo matinal de vinte minutos. Atendi com certa agressividade, esperava que fosse alguma companhia telefônica do outro lado do mundo, pois naquela época quase ninguém entrava em contato comigo por vontade própria (supunham que eu estava ocupada, não queriam me incomodar etc.). Mas, em vez disso, uma voz um pouco amedrontada afirmou que a ligação era do Departamento de Cultura do Governo Basco. Pelo visto, queriam me dar um prêmio. O prêmio Euskadi. Olhei para a tela do celular, depois voltei a colocá-lo na orelha e disse:
– Pois sim.

Por sorte, a voz do outro lado da linha fez caso da minha reação e passou a detalhar o procedimento, exatamente como tinham feito tantas outras vezes. Se aceitasse o prêmio, teria que comparecer a uma coletiva de imprensa e, poucas semanas depois, à cerimônia de entrega. Teria que proferir algumas palavras. Tirar fotos. Estariam presentes o *lehendakari*[4] e o conselheiro de Cultura. Um lanchinho depois. E voltar para casa.

Tanto a coletiva de imprensa como a cerimônia de celebração aconteceriam em Vitoria-Gasteiz.

– Mas por qual livro?

A funcionária de plantão não respondeu a essa pergunta. E foi melhor assim: foi a pergunta mais estúpida que eu poderia ter feito, posto que até aquela data eu tinha escrito apenas um livro, um *thriller* político, havia um ano e meio. Erik começou a chorar nesse momento, o que me salvou daquela situação; tive que desligar rapidamente com a promessa de voltar a ligar assim que eu pudesse. Passeei com o bebê e reconsiderei. Tudo aquilo era possível? Com Erik ainda nos braços, procurei no Google o número do qual tinham me ligado e realmente era um número do Governo Basco. Respirei. Pensei em dar uns pulinhos, porém reconsiderei que eles (ainda que fossem só alguns) seriam prejudiciais ao assoalho pélvico.

O livro, meu livro agora premiado, seguia os últimos passos (talvez dizer as últimas pernadas fosse mais preciso) da última vítima estadunidense do ETA; e em paralelo também se baseava na vida dos três membros do comando que acabaram com a sua vida.

Tudo começava em um subúrbio de classe média em Nova Jersey. Eugene Kenneth Brown (Gena, para os amigos e familiares) despedia-se com ternura de sua esposa e seus filhos. Brown,

---

4   *Lehendakari* é uma palavra na língua basca que significa "primeiro responsável". É a denominação que recebe o presidente do País Basco. [N.E.]

especialista em controle de inventários para a multinacional Johnson & Johnson, partia em direção ao aeroporto de Newark com uma pequena mala. Nesse mesmo dia, alguém roubava um Peugeot 505 no bairro de Amara. Esse Peugeot, já com chassi falsificado, seguia com destino a Madrid. Gene aterrissava no aeroporto de Madrid-Barajas. O Peugeot chegava ao seu destino. Em um apartamento na capital, conhecíamos a fundo dois homens e uma mulher. Fora as rotinas diárias, fabricavam bomba, colocavam-na no Peugeot e estacionavam o carro na rua Carbonero e Sol.

Os homens e a mulher apareciam com seus nomes verdadeiros, e os três seriam revelados nos anos vindouros. Um deles porque, arrependido, contaria os detalhes desse e outros atentados. O segundo porque, assim que cumprisse sua pena, um ministro socialista já havia proclamado que lhe "construiria um novo indiciamento": e, efetivamente, assim foi, com a consequente greve de fome e não poucas brigas de rua. A mulher ficou conhecida como negociadora do governo espanhol nas negociações de Argel e Suíça, em 1989 e 1999, respectivamente.

Na terceira parte do livro, rompendo por completo o tom vagaroso das partes anteriores, irrompia a violência. Na passagem de uma escolta da Guarda Civil ocasionava-se uma explosão que não atingia em cheio os agentes da Benemérita. Para completar a missão, os terroristas atiravam nos guarda civis feridos, com péssima pontaria. Chegavam, então, os reforços da vigilância que ficavam próximos da embaixada da União Soviética, e esses também começavam a disparar. Era um episódio longo, hiper-realista, inspirado nas crônicas da guerra.

Por fim, silenciavam os tiros, a fumaça dissipava e aparecia um corpo, o único corpo encontrado no meio daquele caos: tratava-se de Eugene Kenneth Brown, especialista em controle de inventários para a multinacional Johnson & Johnson, de viagem a negócios em Madrid, com seus tênis de corrida (na época chamado *footing*) ainda nos pés. Antes de pegar o voo que o levaria de volta a Newark, tinha decidido sair para esticar um pouco as pernas.

Falou-se de tudo sobre o livro *Inventário*: que encobria os crimes do ETA ao apresentar os etarras como pessoas (humanos que comiam morangos, tomavam banho e reprimiam sua sexualidade), que repetia, sem critério, toda a propaganda de guerra sobre o comando de Madrid, que tratava a personagem feminina com mais benevolência somente pelo fato de se tratar de uma mulher, que arrastava pela lama o nome de uma heroína da paz, que explorava a morbidez, que não levava em conta as vítimas, que não tratava das torturas da Guerra Civil, que não era mais que um parasita que chupinhava o conflito basco enquanto ainda estava na moda.

A humilde polêmica, em qualquer caso, beneficiou o livro, que em um ano e meio já era encaminhado para a sétima reimpressão. O sucesso comercial tinha deixado os críticos profissionais e amadores ainda mais nervosos – no Twitter chegaram a dizer verdadeiras canalhices sobre mim, que a princípio até conseguiram me afetar –, o que continuou incendiando as vendas em um círculo vicioso bastante agradável de presenciar. Logo ganhou uma tradução em castelhano por parte de uma editora de Barcelona, pequena, meio hipster e, no entanto, prestigiada. A coisa seguiu escalando; foi então que um deputado esquerdista de Madrid fez um comentário elogiando o livro, e outros deputados da bancada contrária o acusaram de ler literatura conivente com o terrorismo. Por esses dias a venda do livro alcançou um pico nada desdenhável. Aos poucos apareceram as versões em catalão e em húngaro, e a tradutora polaca trabalhava igualmente contra o relógio. Minha editora assegurava que a tradução para o inglês estava por chegar e, na mesma época, assinei um contrato de cessão dos direitos autorais para o cinema, que não me deu nem um euro, mas uma grande e ingênua ilusão. Estive muito ocupada. Chamaram-me para dar palestras nos auditórios mais elegantes do País Basco. Também me ofereceram a palavra em requintadas livrarias de Madrid, Barcelona e Menorca. Compareci a Liverpool para dar um seminário sobre o livro e o conflito basco. Tive que renunciar a viagem para a Feira do Livro de Frankfurt porque calculava que Erik ainda seria muito pequeno para que nos separássemos. Recebi prêmios. Vi-me nas páginas de jornais, revistas e websites. Cada vez que uma figura notável da cultura Basca morria, algum jornalista me chamava para que eu desse minha opinião a respeito.

Recordar todo aquele turbilhão era como rememorar uma época remota, um passado de tochas em lugar de lâmpadas, e togas romanas no lugar de jalecos médicos.

Assim, não dei os pulos. Simplesmente fiquei um pouco atordoada durante meia hora. Pegava Erik no colo, voltava a deixá-lo no berço. Por fim, dormia, mas não me atrevia a responder à ligação ao Conselho de Cultura. Qual era a razão daquela inquietação? Se o livro já tinha ficado no passado. Tanto que nem sequer o sentia como meu. Não só isso: lembrar que em algum momento ele tinha sido o centro da minha vida me deixava morta de vergonha. E agora – agora! – iam me dar um prêmio por ele, e não qualquer prêmio, senão o mais reconhecido prêmio das letras bascas. Era totalmente absurdo.

Naquela época, quando o livro apareceu nas primeiras vitrines, eu ficava observando a cara das pessoas, querendo descobrir se aqueles estranhos saberiam que eu era a autora de *Inventário*. Devia ser evidente, né? Até pela cara deviam perceber que eu era a autora, não? No trabalho eu também me sentia diferente e, ainda que tentasse disfarçar, estava segura de que meus companheiros já não me viam da mesma forma. Aproximava-me da máquina de café com um sorrisinho insuportável e cumprimentava todo mundo com uma autossuficiência ridícula: por fim, eu era a autora de *Inventário* e eles, não.

Acabei me dando conta de que ninguém – exceto os críticos que pior me tratavam, claro – se importava que eu fosse a autora de sei lá o quê. Na verdade, o rebuliço era muito maior quando aparecia em público minha barriguinha de grávida. Que emoção, que alvoroço! Todos queriam tocá-la e perguntavam qual era o sexo do bebê, seu possível nome e, inclusive, davam sugestões sobre.

Consequência, suponho, do nosso penoso índice de natalidade. Os livros, por outro lado, se reproduzem sem controle: são uma peste.

Poucos meses depois, já como mãe, tudo tinha mudado e, quando ia sozinha pela rua – coisa que raramente acontecia –, minha sensação era bem distinta. Nem sorrisinho, nem autossuficiência. Pelo contrário, sentia-me nua, incompleta, uma fraude involuntária, e me vinha a necessidade de dar explicações aos pedestres: ei, esperem um momento, eu não sou assim, aqui falta algo, vocês se dão conta? Eu sou mãe, agora vocês estão me vendo sozinha, mas já não sou assim, assim vocês não podem me entender.

Em algumas ocasiões sentia que deveria me livrar do bebê, mas cada vez que me afastava para dar um passeio solitário era pior, pois seguia levando-o preso a minha consciência.

Depois de três meses sem dormir mais de três horas seguidas, depois de visitas primeiro semanais e logo quinzenais à enfermeira para controlar o peso do recém-nascido, depois de um registro exaustivo de excrementos, vômitos, mucos e tosses do bebê, a identidade de mãe tinha finalmente conseguido devorar todas as outras e tinha mandado todos os meus outros eus passados para o exílio mais remoto. Escritora, eu? Trabalhadora, eu? Esposa, eu? Filha, eu? A que tomou banho nua na fonte de Trafalgar Square, eu? A que durante um verão foi guia turística no lago Ness e aproveitou para se relacionar com americanos, eu? Não era possível, não era.

A ligação do Governo Basco me fez ver tudo isso com clareza, eu já não era eu. E uma vez superado o atordoamento inicial, decidi uma coisa: que era hora de dar uma volta na situação e que, de alguma maneira, teria que começar a recompor meu ser recolhendo as migalhas onde quer que estivessem. E para empreender tamanho desafio, eu conhecia apenas um caminho...

●

Deixei passar alguns dias antes de compartilhar com Niclas minha decisão para que não pensasse que aquilo era um impulso infantil. Celebramos a chegada do prêmio, inclusive me permiti beber algo da adega com o consequente sentimento de culpa de mãe lactante, mas notei Niclas um pouco estranho pelo entusiasmo que o prêmio tinha me causado. Era um prêmio, de acordo, um bom prêmio, com um bom dinheiro, mas não o suficiente para mudar a vida de alguém. Escolhi a hora do banho, que geralmente era um momento de relaxamento para os três, e lhe comuniquei: com o dinheiro do prêmio, com esses dezoito mil euros ("menos os impostos", teve que adicionar ele, sempre atento à pressão fiscal), pensava em sair de licença a partir de fevereiro.

Primeiro de fevereiro, essa era a data que ambos tínhamos marcado em vermelho no calendário. Nesse dia terminava minha licença maternidade, as horas acumuladas de amamentação, assim como as férias do ano inteiro, e entrávamos em terra desconhecida: deveríamos voltar para vida civil, eu e minha cicatriz entre as pernas, como se nada tivesse acontecido.

Os olhos de Niclas brilharam. Ele estava tão preocupado quanto eu – ou mais – por ter que levar Erik à creche com apenas seis meses. De fato, ele também estava refletindo, ainda que não tivesse se atrevido a tocar no tema. E, pensando bem, na verdade até poderia ser ele a sair de licença, afinal, não seria ruim voltar a trabalhar, eu sabia que os meses de afastamento materno tinham sido difíceis para mim. Tive que cortar aquela raiz.

– Não, Niclas, saio eu de licença. E Erik irá à creche em fevereiro. – Fez cara de estar perdendo algo por conta da distância cultural. – Vou sair de licença para escrever.

Como cidadão do país mais feminista do mundo (assim gostam de identificar-se), não disse nada, mas empalideceu. E assim ficou, pálido; quando nos sentamos para jantar, o bebê já tinha dormido. Tentei suavizar o golpe. Por ele e por mim.

– Serão somente quatro horas, das nove à uma, e não as sete horas que havíamos previsto. Com os soninhos da manhã, ele nem vai se dar conta.

Continuei falando descontroladamente da creche, da boa impressão que nos causou quando a visitamos na jornada de portas abertas, de Montessori e de Pickler, e de todas essas tendências que nos apresentaram e que super-respeitam o bebê. Eu disse que o entendia, que ele nunca tinha sido um obstáculo na minha carreira literária e que também não seria desta vez. Por um momento temi que ele trouxesse à luz aquelas férias na fascinante Nova Jersey quando eu documentava para o livro. Mas, por sorte, não mencionou nada.

A verdade é que não é fácil ser casado com uma escritora. Ninguém escolhe algo assim: simplesmente acontece. Terminou a omelete em um piscar de olhos e, dando o último gole na cerveja, perguntou:

— E sobre o que vai escrever? Já tem alguma ideia?

Escolhi um tom tranquilo para responder, não queria que ele notasse minha ansiedade, a urgência e a obsessão nas minhas palavras.

— Com certeza escreverei algo sobre essa mulher que matou os filhos no verão passado, você se lembra?

●

Contabilidade mensal de uma *mater familias:*
- Aluguel: 730 euros.
- Eletricidade: 55 euros.
- Gás: 90 euros.
- Telefone e internet: 90 euros.
- Mensalidade da creche: 190 euros.
- Comida e compras em geral: 300 euros.
- Fraldas (as mais baratas): 80 euros.
- Gastos do carro: 150 euros.
- Inscrição em plataformas de vídeos e publicações variadas: 40 euros.
- Contribuição para ONG: 50 euros.
- Outros (que vão aparecendo): 200 euros.

Um total de 1.975 euros, todos os meses. De cara eu já achava o valor terrível, incontrolável, impossível de reduzir se não fosse prejudicando os refugiados palestinos. Isso significava que, aos 1.200 euros que recebia Niclas na academia, eu tinha que somar todos os meses 775 euros simplesmente para manter um estilo de vida que, com exceção dos cereais de cultivo biológico do bebê, não incluía luxo algum.

Não mencionei meu projeto no trabalho. Oficialmente, eu era a boa mãe que saía de licença para cuidar do seu filho. Parece que não importunei ninguém. O chefe voltou a relatar como, do ponto de vista dos recursos humanos, é muito mais difícil equilibrar reduções de jornada que licenças completas. Assim, assinei o papel necessário, deixei que fizessem um carinho em Erik, que passeou comigo por todo o escritório enfiado na sua mochila, e saí dali livre. Ou tão livre quanto possa ser uma mãe, em qualquer caso.

Ainda me restava uma prova para superar. Ainda tinha que deixar Erik na creche. Começávamos então o mais conhecido como *período de adaptação*. Consistia em não jogar diretamente o bebê na piscina, mas ir colocando pouco a pouco seus pés na água, ambientando-o, para depois deixar a água chegar até os joelhos e por aí vai. No primeiro dia fiquei com ele na aula. No segundo, fiquei no corredor deixando-o sozinho por vinte minutos. No terceiro dia eu pude ir a uma cafeteria próxima, que ficava a uns quarenta e cinco minutos da creche. A partir do quarto dia decidi levar comigo o notebook. Na mochila da frente ia Erick; na de trás, o computador. Enquanto a maioria das mães (e também um ou outro pai) saíam da creche aguardando o choro, eu estava sentada na cafeteria esperando a inicialização do Windows. Em algumas situações se sentavam na mesa ao lado grupos de mães que tinham se conhecido graças aos filhos e desfrutavam de certa vida social. Olhavam-me com certa curiosidade. Eu tentava ignorá-las porque não podia perder nem um minuto.

Durante essas duas semanas do período de adaptação organizei as bases da minha futura pesquisa. Fiz listas, identifiquei fontes primárias, decidi como focalizar a história de Jade/Alice, defini os lugares que deveria visitar, debati comigo mesma quantos direitos eu podia perfilhar. Faria a advogada de defesa ou meu papel teria de ser mais próximo ao do ministério fiscal? O que eu queria? Era ser juíza o verdadeiro trabalho da escritora? Ou esse trabalho ficaria a cargo dos leitores? Era legítimo utilizar a ficção ou devia prender-me aos fatos conhecidos, com estilo jornalístico? Deixando às escuras tudo aquilo que não se podia saber, apenas intuir? Mas, se descartava o estilo jornalístico, o que me restava? Podia, por acaso, dar estilo à violência contra as crianças? Como esta última pergunta me fazia tremer, por ora decidi abandoná-la.

O que eu devia fazer, por exemplo, com as datas, os nomes, os dados concretos? Mudá-los por razões morais, legais ou literárias? E algo que me instigava desde o princípio: deveria permanecer em contato com Jade/Alice? Seria apropriado escrever-lhe uma carta, assim como tinha feito esse famoso escritor francês com o homem que acabou com toda sua família? Buscar, inclusive, um encontro cara a cara? Deixando de lado meu próprio impulso em relação – que era completamente ambivalente e, portanto, não me ajudava em nada – aos termos literários, o livro necessitava um encontro assim ou isso o contaminaria irremediavelmente, perdendo o foco do que realmente importava? Se um cara a cara assim fosse possível – o que eu duvidava – quanto se podia ganhar ou perder?

Essas eram as listas, as dúvidas, as perguntas que eu digitava de maneira compulsiva no meu notebook enquanto Erik se adaptava, ou melhor, se conformava.

De vez em quando ainda recebia ligações de publicações locais e rádios livres – a fila do rebuliço tinha chegado com o prêmio – que me faziam perder a concentração. Depois, quando as mães da mesa ao lado se levantaram, eu as imitava, fechava o computador, lavava as mãos e corria para encher de beijos e abraços o meu pequeno pirata, antes de colocá-lo na mochila e levá-lo de volta para casa.

Sinto nostalgia daqueles primeiros dias, quando o livro não era senão uma brilhante e gloriosa promessa.

3.
Natural killers

> "As casas pertencem aos vizinhos
> os países, aos estrangeiros
> os filhos são das mulheres
> que não quiseram filhos."
>
> **Ana Martins Marques**

A clínica, ao lado da estrada que une Erandio com Sopelana, ficava na mão direita em direção à costa. Neste ponto os engarrafamentos são mais frequentes que o trânsito fluido, mas atrás da clínica sempre há um lugar para estacionar. O edifício tem um aspecto novo; um vidro limpíssimo recobre a fachada principal e o rótulo que anuncia a atividade que ali se realiza passa despercebido para quase todos os motoristas.

Aqui começou tudo.

Até aqui Ritxi e Alice apareceram vinte e duas vezes. Desde a primeira inquietação até a vitória final. Uma peregrinação de dois anos e meio. Consideravam-se essas visitas como excursões, na tentativa de manter o ânimo elevado. Nisso Ritxi era mais hábil, seu otimismo não conhecia limites. Era dócil na consulta, um paciente submisso.

Alice, pelo contrário, variava de acordo com o dia. Às vezes estava no céu, outras no buraco. Nunca encontrava um meio termo. No geral, não era de falar muito.

Se as obrigações de Ritxi permitissem, tiravam o dia para descansar depois das consultas e aproveitavam para comer em algum lugar especial. Se o tempo estivesse bom, iam até Pobeña ou até o Puerto Viejo de Algorta. No inverno escolhiam Bilbao. Ambos adoravam um restaurante do cais de Marzana e tentavam comer o mais saudável possível, e ali ela sempre encontrava algum prato adequado para sua condição de pré-gestante.

Tinham ouvido que deviam ficar em alerta se, depois de um ano tentando pelo método tradicional, não tivessem êxito. Eles não esperaram tanto. Ritxi se considerava velho e a urgência o asfixiava. Também não era dos que estava acostumado a perder. Depois de sete meses infrutíferos, e com o objetivo de não atrasar por mais tempo a paternidade, buscaram uma clínica que vinha sendo altamente recomendada.

Aqui começou tudo – nesta sala de espera decorada em tons pastéis. Os exames de sangue e a contagem de sêmen, os exames do cariótipo, as ecografias, o óleo de onagra e o ácido fólico, o controle desses hormônios covardes que se escondem por trás de siglas ininteligíveis (FSH, LH, AHM), o ginecologista, a endocrinologista, o hematologista, a histerossalpingografia, os jalecos brancos e os jalecos azuis. Aqui temos o primeiro diagnóstico vago (baixa reserva ovariana), o primeiro tratamento (Gonal e Ovitrelle), a contagem de folículos antrais e a intervenção decisiva: a inseminação artificial.

Esses tons pastéis da sala de espera uma e outra vez. Exemplares de revistas esporadicamente atualizadas. Companheiros de viagem nas poltronas ao lado rapidamente se tornam concorrentes:

quem chegará primeiro, rasteiras telepáticas, jogo sujo. A livre concorrência, em definitivo.

De acordo com a publicidade das clínicas de reprodução assistida, estas oferecem um serviço: satisfazem uma demanda limpa, científica e eficaz. Você quer algo (um bebê loirinho) e, está nas suas mãos, você conseguirá (se a propaganda for verdadeira, a taxa de sucesso é de noventa por cento). Por acaso tem alguma coisa que não se possa conseguir nesta fase tardia do capitalismo? Necessidades materiais e espirituais, ambas são atendidas pelo mercado. Por que não, então, a necessidade de reproduzir-se, que se encontra uma zona cinza entre ambas? Você quer? Você pode! Não sem lutar, obviamente. Está nas suas mãos: brigue ou cale-se. Quem gosta dos resmungões? Ninguém. Assim é.

A linguagem neoliberal é emocional, inspiradora, empoderada e podre.

Converte os desejos em direitos e os direitos em desejos. Ajoelhe-se aqui, abra as pernas. Concentre-se nos seus sonhos: se você os deseja com força, se tornarão realidade.

Por Deus, parece que você não tem desejado com suficiente força. A primeira tentativa foi um fiasco. Passou duas semanas com medo de fazer movimentos bruscos, não comeu presunto, fugiu da cerveja como quem foge do diabo. E, no entanto, aqui está a menstruação. Esse sangue corrupto e repugnante. Esse fracasso.

Você gostaria de falar com nossa psicóloga? Segunda mesmo ela poderia te atender. Ela vai te ajudar a recolher os pedacinhos da sua ilusão frustrada para que possa começar tudo de novo com a energia positiva e as forças renovadas. Além disso, agora você já sabe o que vem pela frente: já conhece a dor (essas injeções no abdômen, os hematomas), os jargões, antes ininteligíveis, já são familiares para você (gonadotrofina recombinante, estradiol, folículos antrais), já sabe lidar com a culpa (sabe que não é sua culpa, sabe demonstrar o sentimento de injustiça: *Por que ela e não eu?*).

Depois vêm as pessoas que te rodeiam. Agora sabe que é melhor não contar muita coisa. Pessoas que combinam três anticonceptivos e ainda assim engravidam. Essas pessoas. Pessoas que te dizem para não ficar obcecada, para que relaxe e aproveite, que a única coisa que você precisa é um bom "pá", que sim, mulher, quando menos espera, acontece, isso foi o que aconteceu com a prima de um companheiro de trabalho etc.

As pessoas... Não fale com as pessoas. Melhor calar-se.

Observe o seu marido. Agarre sua mão. Consolem-se mutuamente. Como esperariam algo assim? A princípio, Deus criou o céu e a terra. Depois criou o homem e a mulher, e lhes deu sua bênção: "Frutificais e multiplicai-vos, povoem a terra e governem-na". Não lhes falou nada da inseminação artificial, nada de Gonal nem de Ovitrelle. Nem uma palavra sobre a puta gonadotrofina recombinante.

●

Nem sempre os casais saem fortalecidos dessas situações. Se o problema está no homem – como acontece quase sempre –, sua masculinidade pode ressentir-se: problemas de autoestima, vergonha, reações violentas... não são tão raros. Se o problema é da mulher, ela se martirizará frequentemente com a ideia de que seu companheiro vai deixá-la: *Por que ficará comigo se pode encontrar uma outra mais fértil?* Não em vão, todas as culturas misóginas – *todas* as culturas – contemplam a infertilidade como justificativa para o abandono da mulher. Ou para enfiar em casa uma concubina. A própria Raquel, esposa de Jacó, vendo que era impossível conceber filhos, ofereceu ao seu marido o corpo de sua escrava Bila para que ao menos com ela tivesse um descendente. E o teve, com certeza o teve, não era de ficar quieto esse Jacó.

Se as clínicas de ponta só podem garantir noventa por cento de êxito, isso quer dizer que um a cada dez úteros desejosos de gestar e parir ficará sem poder realizá-lo. E esse perigo sempre ameaça, sempre pesa. No entanto a luta não deve parar, devemos ser fortes. Quem gosta de perdedores, dos resmungões, dos fracos?

Perdão pela insistência, mas já comentamos nossas flexíveis condições de financiamento?

Prontamente, já fora da sala de espera – uma vez que me convidaram educadamente a sair depois de me perguntarem o que eu queria –, dou-me conta do erro de abordagem. As linhas precedentes estão escritas como se Alice/Jade fosse uma mãe qualquer com problemas de fertilidade, uma fêmea padrão com o desejo padrão de ter uma criatura sua nos braços. E talvez isso não fosse o que deveria fazer. Mas ainda não sei o que devo fazer, exceto seguir buscando. Por isso estou na clínica, espiando esses candidatos a pais, essas candidatas a mães. Por isso minhas tentativas vãs de falar com os médicos sem medo da humilhação. Por isso a mulher gorda da recepção se apiedou de mim ao me ver sentada na cafeteria, na solitária companhia de um livrinho sujo. É, por sorte, uma fofoqueira profissional. Lembra-se de Alice, como não, o tema aqui é tabu, ninguém menciona, mas todos se lembram do longo tratamento do casal. No entanto, ela também não sabe me dizer se devo pensar em Alice como uma paciente a mais. Eles, desde sempre, assim fizeram. Era uma mulher extrema, essa Alice. Às vezes estava no céu, outras no inferno. Nunca no meio-termo. Só me disse isso.

Em qualquer caso, como depois de três ciclos de inseminação – injeções, ecografias, contagem de folículos, tudo isso multiplicado por três – a gravidez continuava sem acontecer, recomendaram dar o seguinte passo: a fecundação *in vitro*, vida que se produz em um tubo; um processo mais longo, caro, doloroso e desesperador que o da inseminação. Disseram que sim, claro. Fazia muito tempo que tinha ultrapassado o ponto de retorno.

●

Como hipótese de trabalho... Talvez ela não quisesse ter filhos e por isso não conseguia engravidar naturalmente; pode ser que tomasse a pílula em segredo; que usasse um diafragma clandestino, que conhecesse seus dias férteis e evitasse o sexo sibilinamente[5], que a mera aversão pela maternidade evitasse a gravidez (outra vez essa fé, agora inversa, nos poderes da mente: desfrute, não fique obcecada, quando menos esperar...). Talvez tenha ido à primeira consulta pensando que seria uma única vez, para deixar o marido feliz, e de repente se viu introduzida à força em um túnel do qual não soube como sair. Talvez não introduzisse bem as injeções de Gonal, pode ser que reduzisse a dose dando discretas voltas ao tubo da seringa; ou, na melhor das hipóteses, quando a deixavam sozinha depois de cada inseminação não buscasse o orgasmo da maneira que recomendavam, mas deixava as mãos sobre o abdômen e pedia, rogava aos espermatozoides que desviassem seu trajeto, por tudo que era mais sagrado.

●

---

5 Nome que os antigos romanos davam a qualquer mulher idosa, supostamente capaz de predizer o futuro. [N.T]

Pura especulação. Talvez tenha feito tudo que se espera de uma mulher. Talvez tenha atuado como Ana, a do Antigo Testamento, que, ao não poder gerar filhos, se ajoelhou diante de Deus e lhe implorou: "Senhor Todo-Poderoso: se tens piedade desta tua serva, e se lembras de mim e me concedes um filho, eu dedicarei toda minha vida ao teu serviço, e em sinal desta dedicação não cortarei mais o cabelo". Também podemos pensar assim. Que Alice só queria um bebê loirinho nos braços e que, desde o princípio, esteve disposta a fazer qualquer sacrifício para consegui-lo. E até o fim.

Tentei empatizar com as candidatas a mãe nesta sala de espera. Suas esperanças e frustrações. Ainda que minha experiência tenha sido bastante distinta. No meu caso, nem óleo de onagra, nem suco de maçã, nem ácido fólico, nem medir a temperatura basal pelas manhãs, nem ficar de pernas para cima depois da ejaculação. Na verdade, a gravidez foi um susto inesperado. Se eu contar como foi, saio de adolescente desmiolada. Quando, antes de acontecer comigo, escutava os casais que passavam dos trinta dizer que tudo tinha acontecido "sem querer", eu sempre ficava na dúvida se isso realmente tinha sido assim ou se "sem querer" na verdade significava "sem ter conversado sobre", "existindo uma decisão implícita", "deixando a natureza cumprir seu trabalho sem ter que propor de maneira explícita o caráter de nossos impulsos". Hoje em dia, no entanto, posso dizer sem rodeios que é perfeitamente possível para um casal adulto, estável e com estudo superior uma gravidez não desejada. Não entrarei em detalhes: basta dizer que, depois de experimentar vários métodos contraceptivos entre os mais irritantes, optamos por um que sempre se desaconselha e que, depois de um ano de êxito, quando já estávamos tranquilos, revelou-se como certo isso de que, antes de chover, chuvisca.

No quarto dia de atraso fui até a farmácia, sobretudo para descartar o quanto antes a possibilidade remota de uma gravidez, e diante do palitinho úmido que proclamava "sim" me mostrei incrédula, mais que assustada.

Eu queria filhos (*queria filhos?*) de um modo abstrato e genérico. Dizia a mim mesma que ainda tinha uns quatro ou cinco anos para materializar essa abstração. Aquele, de qualquer forma, não era o momento. Não só tinha conseguido por fim terminar e publicar um livro, como também estava, justamente, desfrutando o êxito que ele tinha me trazido. Depois de ter passado minha juventude dando as costas a minha verdadeira vocação por razões que só um psicanalista pode explicar, passada a barreira dos trinta encontrava finalmente um lugar, uma força, uma fonte inesgotável de satisfação por meio da escrita. Por estar próxima do meu lugar de pertencimento – tão perto que podia ouvir as risadas e os suspiros através de uma fina parede –, encontrava-me, finalmente, no lugar que me cabia. E isso ia continuar acontecendo: mais livros, mais leitores, uma vida dedicada a isso que está além do espectro visível. Não falo da vaidade, dos prêmios e dos elogios. Falo de algo que vem antes e depois disso. Uma nova luz, uma âncora que não pesa, mas alivia, um choque individual que vem desde o estômago, uma palpitação que te leva a preencher de símbolos pretos páginas e páginas em branco. É disso que estou falando. Nessa nova configuração do mundo, eu não precisava de um bebê.

Além disso, tinha a questão de Niclas. Amigo, amante, uma pessoa decente e atraente, confiável e educado, loiro e de olhos azuis, ainda que não necessariamente bonito. Niclas. Seria ele o destinado a ser o pai dos meus filhos? Não tinha certeza. Podia imaginá-lo na sala de parto, animando-me ao pé do ouvido? Claramente não. Da mesma forma, não podia imaginar a mim mesma nessa situação. De modo que, não, nunca tinha pensado em Niclas como pai.

Talvez, como nas fantasias que compartilhava com as amigas do colégio, via-me como uma mãe solteira, sempre com minha filha ao lado, ela e eu diante do mundo, acontecesse o que acontecesse.

Não, isso também não.

Se começo a classificar as relações que tive nesta vida, encontro, por um lado, as embriagantes histórias de amor que só me fizeram sofrer e, por outro, as relações mornas, cômodas e amáveis. Algo me dizia que finalmente encontraria o Santo Graal: a embriaguez sem sofrimento, o bem-estar sem a tepidez.

Mas, no lugar disso, estava com Niclas, último espécime do grupo dois. Sobre ele tinha recaído a responsabilidade da sobrevivência do casal, sempre se moldando aos meus caprichos e vaivéns. Essa parecia a ordem natural das coisas: ele dava, eu recebia. Abandonou seu trabalho – na época em que nos conhecemos, Niclas era um trabalhador bem remunerado e bem explorado na *city* de Londres – quando eu decidi voltar para minha terra natal. Com grande esforço, conseguiu adaptar-se nesta cidade desaprazível, a um trabalho para o qual está superqualificado, com um salário que faz rir. E, ainda assim, me parece impossível ser grata a quem me deu tudo.

A princípio, cheguei a pensar que a gravidez era culpa exclusiva de Niclas e fiquei remoendo um forte rancor durante alguns dias. Eu sabia que ele queria ser pai, que ele tinha interesse por coisas que eu nunca tinha ouvido falar na vida (bebê conforto, objetos transicionais), porque formavam parte segura do seu futuro próximo.

Apesar das dúvidas e da estupefação, passados alguns dias titubeando, abracei a nova responsabilidade, a missão inevitável de ser mãe, e imediatamente comecei a desejar aquele futuro bebê, descartando qualquer teoria da conspiração. Também aprendi, como não podia ser de outra maneira, o que era um bebê conforto.

E muitas outras palavras novas, quase todas desagradáveis: *mecônio, amniocentese, progesterona, vérnix, pródromos, colostro*. Acabei convencida de que nós mulheres não seremos nunca donas do pleno direito da nossa gestação e do nosso parto enquanto não reconstruirmos o dicionário. Torna-se totalmente impossível sentir-se protagonista do trajeto, ser conscientes da magnitude da mudança, com essa horrenda rede léxica que remete igualmente à enfermidade terminal e à maldição bíblica. Humildemente proponho inspirarmo-nos no dicionário náutico: abissal, travessia, escuna, mistral, âncora, jornada... assim sim, por Deus!

Tampouco deveria reclamar muito. Ao menos não soube nada da contagem de folículos, de células *natural killer* que protegem a mãe, mas atacam o feto, do hormônio antimulleriano, de injeções de heparina para evitar abortos e de todas essas coisas que as mulheres com problemas de infertilidade aprendem na marra. E que até pouco tempo atrás eu nem sabia que existiam. Para mim a gravidez era uma ameaça latente, um hábil atirador de tocaia disposto a acabar com a vida tal e como eu gostaria que ela fosse.

Talvez Alice também visse assim. E nessa clínica elegante, entre esses tons pastéis, a deixaram à disposição de um pelotão de balas brancas, sem nenhuma possibilidade de defesa.

●

Confirmaram a gravidez com um exame de sangue. Imagino a felicidade cautelosa do casal. Ritxi colocaria a felicidade, e Alice, a precaução. Seguindo os desejos dos pacientes, tinham transferido dois embriões e congelado outros três. A qualidade desses embriões (categoria B) sugeria que a probabilidade de uma gravidez de gêmeos era "média". *Média* não era uma palavra do gosto de Ritxi. Falaram-lhe dos riscos da gravidez múltipla: pré-eclâmpsia, crescimento restrito, parto prematuro, cesárea. Ainda assim, quiseram os dois. Duas cartas na manga. Uns dias depois, e mediante ecografia, souberam que os dois embriões estavam indo adiante.

Eu não tive notícias do que se desenvolvia no meu interior até a ecografia da décima segunda semana, e lembro-me do alívio quando vi na tela do monitor que só vinha um. No entanto, as primeiras palavras de Niclas quando saímos do ambulatório foram "Que pena, só um!".

4.
Medicina forense

"Oh, amor, como você chegou até aqui?
Oh, embrião, relembrando, até nos sonhos, sua posição em cruz."

Sylvia Plath

São os fatos constitutivos da infração penal, os fatos cometidos, os fatos previstos como delito, os fatos suscetíveis de serem classificados como arranjo do Código Penal vigente. Sempre são os fatos, o particípio substantivado, esse artifício gramatical que se utiliza para referir-se a um caso que está sendo julgado, ou, na verdade, para evitar referir-se a tal caso, posto que, ao estar sendo julgado, ainda não possui matéria sólida. As quatro letras de *fato* escurecem o fato em si. Até que não fique provado, não é. Eu também utilizarei agora essa palavra: o *fato*. *Homicídio, infanticídio, assassinato, duplo afogamento* que à luz resulta insuportável, não querem sair, permanecem penduradas às pontas dos dedos, não se animam a pular.

Assim sendo, em novembro do ano dos fatos, e como devia comparecer à Vitoria para receber o prêmio Euskadi, visitei pela primeira vez o bairro de Armentia. Niclas mudou as aulas da tarde com um colega e comparecemos em família para receber as honras. Meu pai também viria, ainda que fizesse a viagem por sua conta, um pouco mais tarde. Minha mãe não conseguiu passagem de avião a um bom preço, ao que parece (primeira notícia) novembro não é uma boa data. Disse-lhe para não se preocupar, que era pura formalidade e que celebraríamos na sua próxima visita.

Fazia um péssimo dia, a chuva lavava a estrada e agitava as árvores; no entanto, pude convencer Niclas a fazer uma visita rápida, uma hora antes da cerimônia, ao bairro com maior renda *per capita* da cidade. Estacionar foi fácil, identificar a casa, profundamente fotografada nas datas em que tinham ocorrido os fatos, também. Alçava-se elegante ao lado de uma casa de campo onde se celebrava uma popular romaria uma vez ao ano, próximo a uma preciosa basílica românica, a uma distância aceitável do resto dos chalés. Redonda e simétrica, aguentava sóbria debaixo da chuva, como se em seu interior nunca tivesse acontecido nada digno de uma resenha, como se tudo tivesse acontecido como tinha projetado seus criadores. A fachada do segundo andar era de vidro, agora coberto com cortinas cinzas. O resto se assemelhava a um vilarejo tradicional: telhado longitudinal de duas águas, madeira à vista.

Ainda que a casa permanecesse fechada e vazia, alguém se encarregava de que o jardim parecesse bem cuidado, talvez estivesse à venda, era o mais provável, se bem que não tinha nenhuma placa que indicasse isso. Em Hong Kong chamam essas casas que são testemunhas mudas de suicídios e crimes de *"hongza"*. Geralmente seu preço despenca, convertendo-se assim em peças condicionadas a investidores que confiam na memória efêmera das pessoas. No Japão são os *"jiko bukken"* as casas estigmatizadas que alguns buscadores já filtram propositalmente, adicionando outros detalhes mórbidos sobre quem, como e quando.

Dois bebês, afogados na banheira, em pleno verão.

Esses eram os fatos.

Era possível perceber algo? Uma leve vibração por acaso? Um ambiente sombrio e amaldiçoado? Assim pensava eu, Niclas não me contrariava; simplesmente era novembro, quase anoitecia, chovia a cântaros, levava Erik dormindo na mochila e um único guarda-chuva não era suficiente para proteger a nós três. Era evidente que não estava confortável na frente desta casa, mas, quem podia estar? Como se comportariam os escassos vizinhos quando passavam em frente? Levariam seus convidados até aquela fachada, adornando a visita com detalhes sinistros? Ou tinha se transformado no grande tabu da vizinhança? – assim como na clínica –, em um acontecimento que devia ser abafado, enterrado e esquecido pela boa reputação e valor dos bens imobiliários da região?

Como não vimos nenhum vizinho, somente posso especular a respeito.

De volta ao carro, no caminho para a sede da presidência do Governo Basco, anotei umas poucas coisas, sem perceber que tinha o cabelo um pouco arruinado. Nas fotos da cerimônia fica claro que não me olhei no espelho antes de subir ao palco para receber o prêmio das mãos do presidente. Isso também foi comentado no Twitter. Isso, e que me davam o prêmio por eu ser jovem.

●

Os primeiros dias estão claros. Bem documentados. Tal e como requer um processo judicial bem representado. Na busca da narração completa, tal profusão de detalhes não sei se supõe uma vantagem ou um inconveniente para mim.

Nunca se considerou que pudesse haver outros suspeitos. Não há rastro de outras pessoas, nem as câmeras de segurança da casa registraram movimentos nas quatro horas entre a entrada e a saída da babá. Nem lobos, nem dingos. A hipótese do acidente fica automaticamente descartada pela impossibilidade estatística de que ocorram dois acidentes iguais e sucessivos. É verdade que a imprensa chegou a insinuar que o primeiro caso se tratou de um homicídio imprudente e que, bloqueada pela situação, em um lamentável estado de choque, a mãe cometeu em seguida o segundo assassinato. Pura especulação. O caso, desde o ponto de vista da polícia científica, era simples, e todas as provas e relatórios foram enviados para julgamento rapidamente.

Depois de acabar com seus pequenos, levaram Alice, já presa, ao Hospital de Santiago, a esse sétimo andar, refúgio habitual de anoréxicas e alcoólicas. Os psiquiatras de plantão escreveram que ela se encontrava "desorientada e em estado de choque", deixando a porta aberta a uma possível "amnésia dissociativa". Administraram-lhe calmantes. Mal falou, ainda que às vezes a ouvissem cantar, "onde estão?", e também "agora já estão bem, né?". Quando lhe perguntaram seu nome, disse que se chamava Jade, o que deixou os médicos um pouco confusos. Durante todo esse tempo uma patrulha da polícia esteve de guarda na porta de seu quarto. A polícia científica já tinha levado sua roupa, guardada em bolsas herméticas de plástico, e realizado testes biológicos das suas mãos com cotonete.

Por fim a deixaram dormir, já era bastante tarde.

Na manhã seguinte, enviados pelo juiz, compareceram ao hospital os médicos forenses e, durante umas três horas, fizeram testes na paciente, com uma nova patrulha na porta do quarto. Alice tinha se recusado a experimentar o café da manhã, mas de alguma forma começava a reagir. Perguntava pelos seus filhos, e quando relatavam o acontecido, gritava que era impossível: "jamais jamais

jamais", bradava e chorava. Logo os lamentos se transformavam em gemidos mudos; depois chegava o silêncio e, aos poucos, os tremores e espasmos de novo.

Nesta mesma manhã se apresentou no hospital um advogado de defesa. De jeito calmo e aparência juvenil, tinha passado a noite na delegacia ajudando um jovem preso por agredir um segurança de supermercado, e encontrava-se agora diante de uma situação inédita para ele depois de oito anos no cargo de defensor. Depois de vinte e seis horas sem dormir, deparou-se com um calor sufocante e uma cliente destruída, e foi difícil para ele controlar a situação. Mas finalmente teve a lucidez de aconselhar sua cliente que se agarrasse ao seu direito de calar-se diante do juiz. E Alice pareceu dar-lhe ouvidos, inclusive, seguir seu conselho, pois quando o juiz apareceu no hospital não pôde senão presenciar as lágrimas quase esgotadas de Alice, seus últimos soluços sem força.

Como consequência dos fatos, os dois pequenos corpos já se encontravam no Instituto Médico Legal Basco, na avenida Gasteiz, esperando a autopsia. Uma autópsia que não revelaria nenhuma surpresa. As duas mortes tinham acontecido do mesmo modo: afogamento por imersão. Espuma nos pulmões, água no estômago, cavidade esquerda do coração sem sangue. Não havia lugar para outra hipótese naqueles pequenos corações. No dia seguinte o juiz instrutor redigiu o Auto de Prisão e levaram-na à penitenciaria de Zaballa com uma prescrição de hipnóticos e calmantes embaixo do braço. Ninguém tinha certeza se ela era consciente dos fatos. A imprensa divulgou todo o tipo de opinião. Um cidadão impactado de Vitoria-Gasteiz declarou: "Nem com uma eternidade no inferno poderia pagar pelo que fez, a desgraçada". Outra cidadã, ainda mais impressionada, se é possível, via a situação por outro ângulo: "Quando se der conta do que fez, viverá o verdadeiro castigo, pobre mulher".

No total, Alice passou cinco dias na prisão, todos eles na enfermaria, pois ninguém sabia muito bem o que fazer com ela, quais protocolos seguir. As prisões não foram feitas para mulheres como Alice.

Ritxi não voltou para a casa de Armentia depois do primeiro interrogatório. Disse que um amigo o pegou na delegacia e que foram diretamente a sua casa de Elciego. Somente um jornal se atentou a esse extremo; para o resto, Ritxi está descartado. Como ocupou esses cinco dias ou quais caminhos percorreram seus pensamentos serão sempre um mistério.

Durante os cinco dias que Alice passou trancada, aconteceram três coisas sobre as quais vale a pena escrever. A primeira delas não deixa de ser dolorosa, por mais que fosse esperada. As outras duas, por outro lado, são totalmente inesperadas. Em primeiro lugar, os gêmeos foram queimados em um velório nas redondezas de Vitoria-Gasteiz. Uma cerimônia muito íntima: Ritxi, seu irmão recém-chegado de Austin e alguns amigos próximos. Todos chegaram de carro e deixaram o lugar da mesma maneira. Não há fotos do interior do velório. Não posso saber se durante a cerimônia civil se leu poemas ou se se contou algo. Melhor assim. Quem queria conhecer esses detalhes? Nem sequer eu.

Por outro lado, e ainda que a estratégia nos primeiros dias tenha sido outra, a imprensa começou a se mostrar compreensiva com Alice. Quando se volta a observar com certa distância a hemeroteca, exatamente como estou fazendo neste momento, a mudança de rumo é certamente chamativa. Dizia-se que ela estava destruída, incapaz de aceitar o que tinha feito; comentavam que teria um grande castigo digerindo todo o acontecimento, que nunca o superaria, que sua vida seria um inferno perpétuo. A possibilidade de uma depressão pós-parto foi, então, mencionada pela primeira vez, primeiro da boca de uma suposta vizinha que eu não consegui localizar de maneira alguma, depois em forma de suposições, porcentagens e sintomas apresentados por psiquiatras especialistas. Às vezes as conspirações midiáticas têm uma origem muito prosaica.

Quem sabe. Em todo o caso, a opinião pública gostou da nova abordagem. Abandonava-se assim a desajeitada crônica das trevas. O território banal do acontecido, para entrar em cheio no âmago de uma tragédia grega atualizada.

E por último, e este é o ponto mais surpreendente e que mais dor de cabeça me trouxe, Ritxi decidiu buscar um bom advogado para Alice.

Um dia depois da incineração dos seus filhos, Ritxi rompeu momentaneamente seu isolamento em Rioja Alavesa para entrar em contato com seu advogado de confiança e pedir-lhe que buscasse o melhor penalista da cidade. Em seguida surgiu o nome de uma advogada já próxima da idade de aposentar, com reputação de lutadora feminista: Carmela Basaguren. Aceitou o caso assim que entraram em contato com ela e logo colocou as mãos na massa. A prioridade naquele instante era tirar Alice da prisão de Zaballa. O recurso chegou voando às mãos do juiz. O documento, sólido e convincente, detalhava as razões pelas quais se devia interromper a prisão preventiva: impossibilidade de reiteração dolosa, endereço fixo, ausência de perigo de fuga e por aí vai...

E nesse texto a defesa adiantava que apostaria pela absolvição baseada na circunstância de alienação mental. O Código Penal prevê esta situação. Em concreto, é o artigo 20.I que estabelece que está isento de responsabilidade criminal "o que a tempo de cometer a infração penal, causada por qualquer anomalia ou alteração psíquica, não possa compreender a ilicitude do fato ou atuar conforme essa compreensão", assim, Carmela Basaguren relembrou o juiz instrutor, com citação literal e tudo.

A procuradoria geral não podia estar mais em desacordo, e se opôs à saída de Alice da prisão relembrando a gravidade do assunto, assim como sua culpa penal: atribuíam-lhe dois assassinatos, delito descomunal multiplicado por dois, além do agravante de parentesco, quarenta anos de encarceramento. Mas o juiz, para a surpresa da maioria, decidiu apoiar o requerimento da defesa. Previa retirada do passaporte, com obrigação de assinatura nos tribunais de justiça a cada quinze dias, e uma vez depositados os cinquenta mil euros que lhe impuseram como fiança, Alice foi posta em liberdade.

Livre a assassina. Livre o fantasma.

O mito enraíza-se nas culturas pré-hispânicas, ainda que suas origens datem dos tempos coloniais. Trata-se da Chorona, uma mulher que, depois de jogar seus filhos no rio (seu filho ou sua filha, segundo o caso), devastada pela culpa, suicida-se para começar a vagar como alma penada sem destino, sempre perambulando por lugares aquáticos.

Do México ao Chile, a história é contada de forma similar, os mitemas (esses pedacinhos de quebra-cabeça intercambiáveis que formam o mito) se repetem. O *modus operandi* quase sempre é o mesmo: o afogamento das criaturas (em um rio ou em uma lagoa, tanto faz), ainda que não seja raro que se mencionem as facadas. Em alguns lugares, como o Panamá, é a negligência da mãe que ocasiona a morte do seu pequeno (a mulher quer dançar, divertir-se, e passa pela sua cabeça que deixar o bebê próximo a um rio é a solução). Na maioria dos casos, no entanto, a mulher foi seduzida, engravidada, e posteriormente abandonada pelo sedutor, e nessa circunstância, sem meios de sobrevivência para ela e para a criança, comete-se o infanticídio. Também há Choronas que reagem por ressentimento, Medeas hispanas que, com o objetivo de ferir o homem que a abandonou, decidem acabar com a prole, fruto palpável do amor agora destruído.

Em qualquer caso, as consequências sempre são as mesmas: alma ambulante, castigo eterno, lágrimas infinitas que adicionam mais água à água.

●

Durante a noite sonho com a Austrália. Apesar de não ter feito caso dos meus sonhos de maneira sistemática por décadas, agora me sinto na obrigação de deixar registrado regularmente esses acontecimentos oníricos para análises futuras. Não que eu tenha podido guardar muitas informações: a paisagem seca da Austrália, um cheiro de ameaça percebido de forma vaga. Passa o dia e a lembrança inconsistente não me abandona, assim reviso o que eu escrevi na véspera. Reviso três ou quatro páginas e a encontro, esta palavra exótica: *dingo*. Mas o que é um dingo exatamente? Um cachorro selvagem, originário do sudeste asiático, mas comum na Austrália. *Canis lupus dingo*. O que significa um dingo no meu texto? Digito a palavra no campo pesquisa e a resposta aparece rapidamente. Tudo remonta a um filme que eu vi na infância.

É 17 de agosto de 1980 nas proximidades de Ayers Rock, hoje reconhecido como monte Uluru, terra sagrada do Território do Norte, no centro da Austrália. É aqui onde acampa a família Chamberlain com seus três rebentos. Enquanto preparam um churrasco para jantar, deixam a mais pequenina da família, Azaria

Chamberlain, de apenas nove semanas de vida, dormindo pacificamente na barraca. Na metade da janta, Lindy, a mãe, acha que escuta uns latidos de cachorro. Ninguém mais parece ter escutado, mas seu instinto materno diz que algo ruim vai acontecer, assim se joga para dentro da barraca esperando o pior e, de fato, encontra a barraca vazia: não há nem rastro da recém-nascida. No meio do terror, a mãe ainda tem tempo de ver a silhueta de um dingo que se perde na escuridão. Foi a única testemunha daquilo, o resto da família só ouviu os gritos da mãe. Nunca mais se ouviu falar de Azaria.

O caso poderia ter sido resolvido como tantos outros casos infelizes, talvez até inserido na cultura popular e contado como uma fábula para pais negligentes. Mas a coisa não acabou aí. Depois de muitas voltas na investigação e com um juízo paralelo da organização midiática australiana operando a todo vapor, ao final, Lindy foi condenada à prisão perpétua pelo assassinato de sua própria filha. Que provas tinha desses fatos? Não muitas. O corpo nunca apareceu. Nada indicava que houvesse uma motivação em particular para que cometesse o assassinato. Umas tesouras supostamente manchadas de sangue e convenientemente exibidas diante da opinião pública resultaram estar cobertas simplesmente por tinta vermelha. Mas a atitude mostrada pela mãe durante o juízo – fria e desapegada – foi o suficiente para que um jurado meticuloso decidisse mandá-la para a prisão por toda a vida.

Durante as primeiras semanas de seu encarceramento, Lindy deu à luz um quarto bebê. Passou três anos na prisão até que apareceram novas provas que reabriram o caso: restos de roupa de Azaria em um covil de dingos. Devido às dúvidas que isso gerou, a mãe foi solta. De toda forma, o caso não foi encerrado definitivamente até 2012, ano em que a certidão de óbito de Azaria autenticou que sua morte havia sido causada por um dingo. Lindy recebeu uma generosa indenização pela prisão injustiçada por parte do governo australiano.

Não sei quem me deixou ver o filme do caso de Azaria. Suponho que tenha sido meu pai, já que geralmente passava meu final de semana com ele, assistindo à televisão enquanto ele descansava ao meu lado. O que eu não descobria nessas intermináveis tardes de sábado e domingo? Quantos monstros não povoariam meus pesadelos por causa desses filmes: Fu Manchu, tubarões assassinos, pragas que rugem... Naquela época não sabia que Lindy Chamberlain existia de verdade e que seu caso era – e é – o mais famoso nas narrativas de terror australiana. Mas está claro que a história tinha deixado um rastro em mim, pois ainda me lembro vagamente do que passou; e a palavra dingo, de alegre, envenena meus sonhos.

●

Uluru.
Dingo.
Uluru.
Dingo.
Duas palavras bonitas, saltitantes, chamativas, apropriadas para o título de um livro de êxito. Curiosidade tipográfica incluída.

●

Já estão organizados os arquivos, bisbilhotadas as redes sociais de advogados, lidos com disciplina os códigos penais – o que está em vigor e suas versões prévias –, xeretados os fóruns nos quais cidadãos desesperados imploram por ajuda legal. Foram horas de dedicação, mas a recompensa é esta sensação de que nada me escapará. Já estão claras as primeiras horas pós-fatos. Assim como o proceder padrão da polícia. As práticas forenses. Os passos dados pelo juiz instrutor. Até o comportamento de Ritxi faz-se lógico e fácil de entender: fugir do foco, buscar refúgio em um amigo, o estado de choque, a fase da negação, essa coreografia do duelo magnificamente detalhada pelos manuais de psicologia.

No entanto, a partir de certo ponto tudo começa a amornar. E rapidamente estou na escuridão. Já não há manual ou documento oficial que me tire daqui. O que eu faço? Qual caminho seguir?

Depois de se despedir dos seus gêmeos, algo mudou em Ritxi. Aí é onde começo a perder-me. Ninguém teria estranhado que Ritxi ficasse do lado dos acusadores, que tivesse contratado um advogado capaz de assegurar a condenação mais alta para Alice (talvez a mesma letrada que acabaria contratando para o contrário, por que não?), afinal, ele era a terceira vítima do crime. No entanto, no lugar disso, decidiu fazer tudo o que estivesse em suas mãos para livrar sua mulher da prisão. Por quê? Em que manual sobre duelo vem detalhado esse estranho comportamento? É algo que planejava desde o princípio, mas que esperou uns dias para executar? Era amor? Compaixão? Negação da realidade? Cumplicidade, ao menos moral? E o que esperava que acontecesse no futuro, isso se fosse capaz de vislumbrar algum futuro? Começar do zero uma vez que sua mulher fosse salva? Uma nova vida? Em outra cidade? Outra fecundação *in vitro*, talvez? Lembrar-se-ia dos embriões congelados que esperavam seu momento? E o que diria ao seu círculo de amigos íntimos, ao seu irmão? Alguém o aconselhou que fizesse tudo com calma, que não se precipitasse, que pensasse duas vezes? E, por fim, quando buscou Alice na porta da prisão, o que disse? O que disseram?

Está perdoada, Alice.
Não se pode perdoar o que eu fiz, Ritxi.
Tudo ficará bem.
Nada pode ser resolvido.
Eu te ajudarei, Alice.
Não mereço sua ajuda.

Em uma situação tão dramática, o menor dos problemas é uma conversa melodramática.

Como você está? Te alimentaram bem? Você está mais magra.

Algo assim fica melhor. Em qualquer caso seguiram juntos, e juntos deixaram a cidade para instalar-se em uma casinha em Elciego, perto do trabalho de Ritxi. A cada quinze dias voltavam para a assinatura no tribunal, Ritxi sempre junto com sua esposa. As primeiras vezes ainda havia fotógrafos especulando, ansiando por uma foto do casal. Pouco a pouco, eles deixaram de aparecer. Também, a cada quinze dias, tomavam um avião para Barcelona, para uma consulta com um famoso psiquiatra. Alice começou a tratar suas psicoses. Guardava os comprimidos diários em uma caixinha de plástico compartimentada. Retomou a pintura e a terapia ocupacional.

Não há fotos de Alice dessa época. Os meios de comunicação a foram deixando de lado. Todo mundo a esqueceu. Os gêmeos eram cinzas; o casal, também.

●

Ainda assim, havia épocas felizes, posso imaginá-las. Apaixonar-se, projetar um futuro no qual caiba outra pessoa, pele com pele, hálito com hálito, compreender-se, não se compreender e seguir amando, rotinas que se constroem a quatro mãos, uma intimidade inapreensível para qualquer outra pessoa, palavras, cabelos, carícias leves.

Quando Ritxi conheceu Jade, ela já se chamava Alice. Trabalhava como atriz e modelo em uma gravação de vídeo corporativo de uma adega de Bordeaux. Ritxi encontrava-se na cidade por casualidade, convidado por uma cooperativa para o progresso da viticultura em uma viagem de cortesia. Posso imaginar a comoção inicial, essa que muito discretamente chamamos amor à primeira vista. A beleza de Alice. O cheiro de poder de Ritxi, amável e magnânimo, com gravata cara, bem penteado e, no entanto, com ar jovial, alegre. Parecia dez anos mais jovem. Falava francês perfeitamente e era óbvio que tinha o mundo aos seus pés. Do que mais precisava Alice neste momento? Uma história mil vezes repetida, nenhum mistério. Ritxi lhe perguntou: "Está livre para jantar?". Ela respondeu: "Acredito que sim". Tinha finalizado a gravação, mas o trem que a levaria de volta a Avignon não sairia esta tarde por conta de uma greve ferroviária, ou seja, Alice passaria a noite em Bordeaux. Enfim, tudo era perfeito. Ritxi escolheu o restaurante, um pequeno e afastado bistrô. Também escolheu o vinho, claro, um Château Latour-Martillac de 2001, o mais caro da carta de vinhos, um excesso desnecessário. Alice ainda não sabia até que ponto Ritxi era rico, mesmo que tentasse calcular.

Ela apenas provou o vinho. Ele contou-lhe que, depois de estudar em Paris e Washington, tinha sido encarregado da empresa familiar, uma pequena adega na Rioja Alavesa, e justo por aquela época cumpriria um ano da repentina morte de seu pai, até então o responsável. Também tinha um irmão, era cientista e, portanto, o mundo dos negócios lhe era alheio. Ritxi lhe contou também que a empresa havia pertencido a sua família durante cinco gerações, e o comentário deixava implícito a busca inescusável por uma sexta, ou assim tinha entendido Alice. Ele não mencionou nada sobre suas recentes operações para diversificar o negócio, seus investimentos estratégicos em energia eólica e o hotel-boutique. Já tinha tido tempo para isso. A mulher também falou, cada vez mais solta: lhe contou que era vegetariana (ainda que, na verdade, mal comia e a Ritxi não lhe ocorreu nem por alto como movia a comida de um lado para o outro do prato para dar a impressão de ingestão) e que sonhava em ser pintora, mas que por enquanto ganhava dinheiro trabalhando como modelo sempre quando a chamavam. Contou-lhe que odiava Avignon, sobretudo no verão, o calor, os mosquitos. Não mencionou ninguém da família, e o poço melancólico não tardou a instalar-se. Estava sozinha no mundo.

No todo, Ritxi a considerou suficientemente interessante. Acompanhou a moça até o seu modesto hotelzinho da *rue* Bouffard. Alice compartilhava quarto com uma companheira – outra modelo – da agência. Beijaram-se na porta depois do aviso de Ritxi – "Alice, vou te beijar" –, e depois se despediram sem que ele se animasse a convidá-la para o seu hotel, muito mais elegante, e sem que Alice lhe pedisse, mesmo que pensasse nos lençóis recém-passados e os sais de banho. Era 2006, o mundo já estava, então, hiperconectado e, por fim, só viviam a alguns centos de quilômetros de distância, com uma fronteira irrelevante no meio: sem dúvida voltariam a se encontrar.

Tudo isso eu consegui com uma entrevista que realizaram com Ritxi em uma revista digital dedicada ao mundo do vinho, a única existente na qual ele fala, desinibido e, contra seu hábito, de sua vida privada. "Apaixonei-me pela minha mulher com um vinho da concorrência" reza a manchete, e certamente é possível ouvir a voz de um homem apaixonado. Há aqui alguém que uma vez perdeu o pudor. Convencional e previsível, de classe média quase alta, ainda que não se considerasse como tal. Por fim, era aquele que, em lugar de jogar golf, fugia para montanha com sua bicicleta de sete mil euros. Aquele que, em vez de passar suas férias em um *overwater* das Maldivas, pegava o transiberiano com uma mochila e em completa solidão. Fazia ioga todas as manhãs e tinha – ao menos, antes de se casar – uma tarântula em um terrário. Fã do *hard rock* dos anos setenta – Led Zeppelin acima de todas as coisas –, nas reuniões de trabalho sempre se sentia ligeiramente fora do lugar, uma sensação vaga que se dissipava observando o infinito pela janela ou desenhando complexos rabiscos em uma folha do papel. Sonhava em aposentar-se cedo e dedicar-se ao trabalho voluntário: aulas de reforços para filhos de imigrantes, limpeza de plásticos nas praias.

No mundinho da publicidade, que é o terreno no qual me sinto motivada, os executivos desse tipo são moeda corrente. A extravagância moderada é requisito indispensável em qualquer currículo que se preze. No tradicional negócio do vinho, no entanto, não seria raro que a figura de Ritxi houvesse dado o que falar, até o ponto de ter se convertido em uma pequena lenda, digna de fofocas diversas. Ele sabia e por isso escolheu Alice. Porque sua escuridão, sua aura solitária, suas asas quebradas, esse talento artístico nunca plenamente revelado e que lhe enchia de frustração e raiva lhe pareciam suficientemente pouco convencionais. Naquela época todos os seus amigos – para não falar de suas amigas – já estavam casados, e a variedade brilhava pela sua ausência. Mestrados idênticos, férias repetidas, uma bandeja de temas de conversas cada vez mais reduzido.

Alice não era assim, mas poderia aprender rápido, – ela tinha vontade de se adaptar a algo novo. Ritxi sabia que a escolha engordaria uma lenda e lubrificaria a máquina da fofoca, e isso lhe pareceu bom. Decidiu casar-se com ela no mesmo dia que a conheceu. Imaginou tempestades ao seu lado, reconciliações explosivas, uma vida dedicada a percorrer o espectro visível de um extremo ao outro, uma felicidade dolorosa, impenetrável para os que a observam de fora, inveja, admiração, ignorância e tremores.

Tudo era um jogo para ele. O capricho estrangeiro do homem acostumado a ter tudo. E daí sua responsabilidade, sua culpa.

Talvez.

5.
Family friendly

> "Não há inimigo mais sombrio da boa arte
> que um carrinho de bebê no vestíbulo."
>
> **Cyril Connolly**

Fala-se muito do cansaço que a maternidade traz consigo, de não poder dormir, das olheiras. No entanto, quase não se mencionam as horas de tédio que preenchem a vida de uma mãe. Refiro-me a essa sucessão de dias cinzas e amorfos nos quais amamentar, trocar fraldas, tentar fazer o bebê que chora dormir e verificar se está respirando assim que começa a dormir ocupam sua vida até asfixiá-la, enquanto o tempo corre no seu curso normal para o resto da humanidade. Isolada, confinada e entregue às vinte quatro horas do dia a um trabalho com uma consideração social similar a limpar privadas (e digo com conhecimento de causa, porque houve um tempo em que me dediquei a limpar privadas). Horas que se arrastam, olhares que se perdem. Sempre dado ao outro. Em uma sociedade hipócrita que te diz que não há nada mais desejável, inclusive mais revolucionário, que doar-se ao outro, instaura-se essa revolta silenciosa no seio do paradigma custo-benefício.

Sim, claro.

Se tão belo, desejável e revolucionário fosse, já teriam se ocupado os homens de ficar com a tarefa mandando as mulheres trabalharem fora; sobre isso não deveria haver dúvidas.

Mas não queria perder tanto o foco. Você pode se queixar do cansaço, mas não do tédio. Essa é uma queixa frívola, incompreensível; se você fica entediada, talvez devesse ter outro filho, outros sete filhos, como faziam nossas avós, você acha que elas tinham tempo para se entediar? Por favor, amadureça já, que você é mãe.

Se não chove, vamos para o passeio: fazer quilômetros e quilômetros para sentir que você é dona dos seus passos, empurrar o carrinho ladeira acima e segurá-lo ladeira abaixo. Do nada, você fica presa à vitrine de uma loja, seu reflexo mirrado, decadente; o bebê chora porque prefere o movimento, a pausa o inquieta, e toca voltar a empurrar, caminhar, avançar, agitar. Se chove é pior. Só resta lembrar-se de olhar pela janela de vez em quando, confirmar que o mundo segue ali, o semáforo vermelho, verde, vermelho, guarda-chuvas que se trombam entre si, tudo é cinza e, de repente, uma sacola de plástico se rasga e um desfile de laranjas ocupa a calçada, finalmente um toque de cor. Em dias como esses a ligação de uma companhia telefônica se transforma em um acontecimento memorável – desde que não interrompa nenhum cochilo –, na novidade do dia, ou melhor, da semana, você se vê impulsionada a responder com entusiasmo a essa voz, masculina e doce, caribenha, que detalha as vantagens que a operadora oferece: internet por fibra, móvel e ADSL até o ponto de usar seu nome de batismo com naturalidade, "Que interessante, Julio, não é ruim não, vou pensar, você volta a me ligar amanhã?".

Doris Lessing deixou escrito: "Para uma mulher inteligente não há nada mais tedioso que passar infinitas horas com um bebê pequeno". Eu gosto da citação, uma vez que corrobora que sou uma mulher inteligente. Em outro lugar, Doris descreveu a maternidade como o Himalaia do tédio. Ela, em Rodésia, grávida aos dezenove anos, e com vinte, grávida de novo. A lenda de Lessing encontra-se unida a sua errática maternidade: John e Jean, os filhos que teve com seu primeiro marido, foram abandonados na África, onde até então se conhecia como Rodésia do Sul, para mudar-se para Londres com o fruto do seu segundo matrimônio depois de divorciar-se pela segunda vez. Este terceiro filho, Peter, frágil e doente desde o nascimento, morreu aos sessenta e seis anos, e Doris cuidou dele até o último momento. A própria prêmio Nobel morreria poucas semanas depois, com noventa e quatro anos. Toda uma vida doada ao outro, até cumprir os seus noventa e quatro anos.

Mas deixemos as coisas claras. Algumas vezes, sim, é algo bonito, desejável, revolucionário. Em uma a cada oito mil nesse Himalaia do Tédio, derrotada e sem oxigênio, rapidamente se acende uma fagulha, uma pequena chama que ilumina o aqui e o agora, um tremor vigoroso que ganha uma efêmera batalha para a eternidade.

Por exemplo: você tem um bebê agarrado ao seu peito, como sempre, pele com pele, calor com calor, e logo você se dá conta de que a amamentação deixou de doer, essa mastigação firme já não te faz mal, nem sequer te incomoda: na verdade, até começa a se tornar algo prazeroso. O bebê está concentrado incansavelmente em mamar, e você está finalmente livre para mergulhar nesse banho de prolactina, esse relaxamento entorpecente; poderia adormecer a qualquer momento enquanto o mundo dissolve-se. Dissolve você e dissolve o bebê, tornam-se um só, um todo dissolvido em hormônios de amor. Neste precioso instante o bebê retira a boca, o leite cai pelos cantos dos lábios, todo abundância e satisfação, ele te olha diretamente nos olhos, não apenas te olha, você sente que ele te vê, e sorri, e você devolve o sorriso, puro amor e agradecimento recíproco. E então você sabe que chegou ao ápice da sensualidade humana, que nada poderá competir com esse momento, a sensação nas mamas, a pele sem limites, o leite quente que cai, o sorriso, o mais honesto dos olhares.

Em ocasiões como essas eu sentia pena do Niclas, dó verdadeira, pois nunca chegaria perto de sentir algo como aquilo.

●

Outra escritora, outra mãe: a escocesa Muriel Spark. Ela também abandonou seu filho, também em Rodésia, Rodésia do Sul (o que terá Rodésia, a maldita, a do sul). Pobre Samuel Robin, deixado nas mãos de um padre maníaco-depressivo no Zimbábue quando ainda era conhecido como Rodésia do Sul. E se coloco Rodésia como título do meu livro?

Uluru.

Dingo.

Rodésia.

A lista vai crescendo, gosto.

●

Com a ajuda da creche, as coisas começaram a mudar para melhor. A pitada de culpa que eu sentia ao deixá-lo ali dissipava-se ao escutar as primeiras notas da sinfonia do Windows. Tanto era assim que as quatro horas que Erik passava institucionalizado passavam voando. Decidi levar o notebook e ficar trabalhando nas cafeterias próximas à creche, para economizar o trajeto de ida e volta para casa. Tentava alterar os bares que frequentava, pois frequentemente os garçons faziam cara feia conforme as horas iam passando e eu permanecia ali, com minha xícara de café com leite vazia e a cara enfiada na tela do computador. Nesses dias eu escrevia de corpo e alma trabalhando por um objetivo comum, com o mesmo entusiasmo dos velhos tempos. Construía a Alice ao mesmo tempo que reconstruía a mim mesma.

Essa euforia criativa dos primeiros dias não duraria muito, infelizmente. Por um lado, sentia-me esgotada. Erik continuava acordando para mamar entre três e quatro vezes todas as noites. Por outro lado... o que posso dizer. Simplesmente deixava passar as horas. Lia os jornais, fazia buscas absurdas no Google. Havia dias que não escrevia nem sequer uma palavra. Outros dias a única coisa que eu conseguia era deletar algumas muitas palavras do dia anterior. Só tinham passado três meses desde o recebimento do prêmio Euskadi e ainda chegavam ofertas para palestras e clubes de leitura, de participação em bancas de concursos. E na imensa maioria das vezes tinha que recusar, dando mais desculpas do que era necessário: preciso ficar com meu filho, o pai trabalha durante a tarde, não tenho ajuda dos avós, o que mais querem que eu diga.

Voltava frustrada para a creche na hora de buscar o bebê, e irritava-me ainda mais quando lembrava de tudo que precisava fazer nas horas seguintes: preparar a comida, alimentar Erik, tentar fazê-lo dormir, comer com Niclas sem assuntos para conversar... E quando recolhêssemos tudo e Niclas voltasse para a academia, o menino acordaria flagrando-me com a escova de dente ainda na boca. Já era o meu propósito de um cochilo de cinco minutos no sofá. Então, se o tempo permitisse, sairíamos para passear e lhe daria o lanchinho em um banco próximo ao lago. Caso não fosse possível sair, ficaríamos em casa jogados com uma manta:

eu tentando ler, Erik ampliando seus limites de mobilidade. Já tinha começado a engatinhar, a abrir as gavetas, a enfiar coisas nas tomadas, não podíamos perdê-lo de vista. Adeus ao livro. Assim, não era possível ler. Toma um pouquinho de peito, vamos ver se para de chover, sim?

Torturava-me com a ideia de umas tardes ideais em um universo paralelo: livres para escrever, repletas de resultados. Imaginava que as tardes tinham de qualquer jeito que ser mais produtivas, em nenhum caso haveria a seca própria das manhãs, de nenhuma maneira. Durante as tardes – aí, durante as tardes –, as palavras e as frases brotariam de maneira natural, a história avançaria inevitavelmente, fresca, com ritmo, redondinha. Depois, ao entardecer, pegaria o carro e iria até Durango, Agurain, Igorre, povoados onde me esperavam para clubes de leitura e me acolheriam com doçura, onde eu falaria do meu livro – finalmente, de mim mesma – amando minhas palavras e minha vida. Finalizada a reunião, ainda teria um tempo para tomar um vinho e beliscar algo com meus leitores – professores universitários, aposentados e ativos, homens com bloquinhos e muitas anotações, senhoras alegres e abertas – e continuaria com meu monólogo, agora de maneira mais informal, mencionando meus projetos, essa viagem exótica planejada como parte de um processo de documentação; e todos admirariam meu talento, minha juventude e até minha beleza. E quando tirasse a carteira para pagar as bebidas, todas as mãos iriam me deter, *o que está fazendo, deixe disso, mulher, para nós é uma honra tê-la conosco, por favor, era só o que nos faltava, venha, venha,* e assim voltaria para a casa, cansada, mas satisfeita, como uma escritora só pode se sentir depois de uma proveitosa jornada de trabalho.

No entanto, ao invés disso tinha que trocar fraldas, colocar uma maquinada depois da outra, tirar as mamas cada vez que o bebê dissesse ai, buscar entretenimentos infantis cada vez mais sofisticados.

A ideia de deixar Erik mais horas na creche me perseguia; era uma forte tentação, mas não sabia como justificá-la à Niclas e às educadoras (elas sabiam que eu não trabalhava, tinham me visto passar as manhãs em bares ou cafeterias e, por alguma razão, a opinião que tinham sobre mim como mãe me importava muito); mas, sobretudo, não sabia como poderia justificá-la a mim mesma.

Quando dava meio-dia eu entrava no recinto e não importava o que Erik estivesse fazendo no momento, sempre notava minha presença assim que eu chagava e deixava o que estivesse fazendo para vir até mim, rápido e feliz, e me estendia seus bracinhos com a carinha entusiasmada. Mamãe! Você veio me buscar! Mais um dia que você não me abandonou aqui! Não sabe como eu te agradeço! Abraçávamo-nos como loucos e eu dizia a mim mesma que tinha que exprimir esses momentos, aproveitá-los, pois nunca voltaria a amar um serzinho daquela maneira, essa coluna vertebral perfeita, suas bochechas, a bundinha fofa, essa pele impecável que pedia beijos todo momento. Enfim, aquilo também era vida, energia e brilho sem mácula. Algo ausente em mim, ou que não funcionava como devia. Se eu pudesse absorver tudo aquilo, com certeza estaria presente nos meus escritos: um contato tão intenso com a vida se faria vislumbrar cedo ou tarde no que eu escrevia.

Era realmente assim?

Não tinha certeza.

O verão se aproximava e isso abria novas oportunidades. Tínhamos combinado de sair de férias, tinha que economizar e esticar o dinheiro do prêmio o máximo possível. Assim, a visita dos pais de Niclas, duas semanas em agosto, era a única mudança na rotina que poderíamos esperar. Mas eu tinha que ver Léa. Tinha-me convencido de que se realmente quisesse avançar com meu projeto, teria que falar com minha amiga, uma das pessoas que mais conheceu a jovem Jade.

Em nossas trocas esporádicas de mensagens, como sempre, Léa continuava sendo áspera sobre o tema. Tive que lhe explicar, não sem desconforto, que estava escrevendo sobre o caso de Jade. Havia-lhe contado que era uma encomenda de um jornal, algo que tinha começado como uma simples reportagem, mas que, visto o potencial, seria convertido em um livro. Fabricar mentiras piegas como essa é minha marca pessoal. Mentiras absurdas que não mudam nada e que, sem dúvida, estão dirigidas a mim mesma. (Posso dar como exemplo meu *greatest hit*, o auge do absurdo, em um táxi: o taxímetro marcava 8,76; eu ofereci uma nota de dez ao taxista, mas pedi que, por favor, cobrasse nove, e em seguida inventei que precisava do troco para deixá-lo para minha filha embaixo do travesseiro, porque justamente neste dia tinha caído seu primeiro dente. Não existia a tal filha, claro, eu simplesmente não queria deixá-lo com o troco, mas também não queria que me visse como uma pão-dura. No fim, a única coisa que consegui foi me sentir uma imbecil.) No caso atual, minha mentira se justificava uma vez que não queria que Léa me visse como uma pessoa macabra ou oportunista, para fazê-la acreditar, e acreditar eu mesma, que um interesse profundo, profissional e, portanto, aceitável, movia-me a tocar no tema.

Minha amiga respondia às minhas mensagens de forma concisa, pontual, mas eu estava certa de que cara a cara sua atitude seria outra. Nesse momento nosso ponto de entendimento seria total, teríamos uma dessas conversas honestas e iluminadoras que mudam vidas.

Encontrei uma solução. Durante os últimos dias de primavera, ao invés de escrever, dediquei as horas em que Erik estava na creche a procurar ofertas de hotéis, desde a Costa Azul – muito caros – até a Costa Brava. Finalmente foi em Rosas onde me deparei com um hotel que, com meia pensão e tudo, ficava estranhamente barato, estava a três ou quatro quarteirões da praia. A maioria das críticas do Tripadvisor eram péssimas – colchões velhos, barulhos noturnos, buffet gorduroso –, mas se ajustava ao nosso orçamento; além disso, o hotel oferecia um ambiente *family friendly*, e pensei que essa era uma das coisas que eu deveria levar em consideração.

Minha posição não era muito estável; cada gasto extra, na verdade, me tirava tempo para escrever, pois supunha ter que voltar antes ao trabalho, mas, por outro lado, o livro exigia que eu fizesse essa viagem de qualquer forma.

Quando expliquei o plano a Niclas, não expliquei seu verdadeiro motivo. Comecei por elogiar as virtudes de uma semana mediterrânea, principalmente para o bebê, na sequência, adicionei à lista de pequenos prazeres adultos: a *paella*, o vinho do Empordà, a água morna. A possibilidade de visitar Léa deixei escapar algum tempo depois, quando já tínhamos feito a reserva, como se se tratasse apenas de uma coincidência. Para o meu livro seria ótimo. Era apenas uma viagem de quatro horas. Uma noite fora. Erik estava quase completando um ano e tinha que começar a acostumar-se a não ter sempre o peito disponível. Como em toda negociação, eu também tive que dar algo em troca. Aceitei que em setembro Niclas fugisse um fim de semana para as montanhas e passasse uma noite fora.

Tudo foi mais fácil do que eu esperava.

Na véspera do Dia de São Inácio partimos os três de carro. O pequeno Erik viajou melhor do que o esperado. De fato, dormiu no carro muito melhor que em casa. Inclusive, eu sucumbi a um pequeno cochilo enquanto atravessávamos o deserto de Monegros. Um doce momento com a ajuda do ar-condicionado.

Todas as suspeitas sobre o hotel eram comprovadas. Era velho e estava cheio de crianças. A maioria dos seus hóspedes eram famílias numerosas da parte leste da Europa. Enquanto os progenitores se jogavam em uma espreguiçadeira, com mojito na mão e uma pulseira *all inclusive* no pulso, o hotel ficava a cargo da prole: campeonato de polo aquático na piscina, tiro com arco e torneio de *ping-pong* no jardim, festa à fantasia, artesanato com recicláveis, minidiscotecas pelas noites. De vez em quando, no salão de jantar, eu detectava casais sem filhos ou ainda indivíduos sozinhos, mastigando tostadas tranquilamente, e não entendia quem os tinha enganado para que se hospedassem naquele hotel e, sobretudo, por que não fugiam apavorados daquele tumulto de chinelos molhados, refrigerantes pegajosos e uivos atléticos.

Erik era muito pequeno para ser deixado sob responsabilidade dos monitores de camiseta laranja que trabalhavam das nove da manhã às nove da noite sem descanso. Assim, saíamos pela manhã e só voltávamos a pisar no hotel na hora da janta. O plano original era passar o dia na praia, mas logo nos dávamos conta de que era inviável ao comprovar que nosso filho de pele branquíssima tinha asco da areia, tinha medo do mar e era incapaz de permanecer embaixo do guarda-sol ou com o chapeuzinho na cabeça. Além disso, não tínhamos acesso às praias mais bonitas e menos movimentadas sem a ajuda de um transportador: brinquedos, guarda-sol, isopor, cremes de todos os tipos, garrafa térmica... deslocar-se era um pesadelo para nós. Decidimos, então, dedicarmo-nos ao turismo cultural. Em apenas dois dias visitamos Cadaquès, Figueres e a capital Girona, sempre tentando encontrar uma sombrinha.

Dormíamos mal durante as noites, o ar-condicionado não ajudava a melhorar as coisas posto que, em troca de refrescar o quarto, fazia tanto barulho que nos impedia de nos conciliar com o sono.

No quarto dia das nossas férias, depois de conscientemente entupir Erik de leite, depois de uns mimos rápidos e uma carinha de dó, liguei o carro e parti sozinha, e creio que nunca tinha experimentado um sentimento de liberdade maior do que o momento em que me enfiei, aproximando-me do limite de velocidade, na N-II seguindo a placa que dizia Perpinyà-Peralada-La Jonquera.

Vejo Léa a cada dois ou três anos, umas cinco vezes desde o nosso último ano juntas. Fizemos planos de passar o fim de semana em Londres e Paris, visitas um pouco mais longas a nossas respectivas cidades natal. Isso foi tudo. E, no entanto, nunca nos distanciamos; sempre nos cumprimentamos como se estivéssemos estado juntas no dia anterior, retomamos a conversa do ponto em que a havíamos deixado da última vez. Temos um passado em comum – não muito grande, mas intenso – e sabemos utilizá-lo. Nossa amizade é imaculável, cuidada com esmero, idealizada por não nos vermos sempre. Seríamos capazes de nos perdoar em qualquer situação.

Ainda que tivessem acabado de se mudar para um povoado às margens de Avignon, marcamos um encontro no centro, na praça em frente ao palácio papal, às oito horas da noite. Tive que esperá-la quase vinte minutos; o calor ainda incomodava, estava bastante pior que na costa. A primeira cerveja mal durou no copo, assim tive que pedir a segunda. Não tinha o peito para Erik, podia encher a cara sem preocupação pela primeira vez desde sei lá quando.

Todos os anos sentia um chamado celestial, um sinal inequívoco de que o verão tinha chegado e mudado meu humor e minha cara. Em algumas ocasiões o sinal chegava bem antes do verão em si, com o primeiro dia quente de maio, por exemplo. Podia se tratar de algo concreto – observar as estrelas deitada no jardim, o eco distante de uma verbena, o primeiro gole de um mojito com muito hortelã – ou algo mais indefinido, uma sensação inefável, o cheiro de um éter invisível, a emoção sufocada de todos os que te rodeiam. Aquele ano eu recebi o sinal em Avignon, diante do palácio papal. Exatamente quando dava o primeiro gole na segunda cerveja. O verão. Sou o verão. Já estávamos bem no meio de agosto, mas a verdade é que é melhor tarde do que nunca.

Era minha segunda estada na cidade. Sete anos atrás eu havia comparecido a Avignon para o batizado civil do primeiro filho de Léa, e tudo estava mais ou menos como eu me lembrava. As suas pequenas – que deviam ter entre dois e quatro anos naquele verão – já não foram submetidas àquele rito, e a verdade é que não me surpreendia nada, considerando o completo desastre que havia sido o primeiro batizado e a festa de comemoração.

Mas disso falarei logo mais; Léa acaba de chegar e me pegar com a segunda cerveja bem pela metade e temos muitas coisas para conversar.

Foi um gascão, Bertrand de Got, mais conhecido como Clemente V, o primeiro a instituir Avignon como sede pontifícia. Ainda que surgido como uma residência provisória, ao final foram sete papas que se refugiaram neste palácio, durante quase todo o século XIV, bem distante de Roma e suas conspirações. É um dos maiores edifícios góticos do mundo. Dizem os guias que seus muros possuem cinco metros de espessura, mas eu consegui entrar sem pagar utilizando a porta de saída da loja de suvenires, em uma distração do segurança, durante minha visita anterior. Corri de um lado para o outro por aqueles corredores em um estado de alegria e temor, pensando que me pegariam, mas nada aconteceu.

Agora, no entanto, não estou para turismos furtivos. Agora preciso conversar com Léa. E aqui estamos. Uma noite de verão. Vestidos de flores, sandálias, as tatuagens, respectivamente, bem visíveis (a minha no tornozelo e a dela na escápula). Duas cervejas na mesa. E muito zunzunzum.

Ou, dito de outra forma, jovens outra vez.

Tão jovens que, nessa explosão de amizade quase adolescente, consegui esquecer Jade/Alice. Falamos sobre nossas coisas, ela é só ela e eu sou só eu. Na nossa conversa misturam-se lembranças do passado, planos para o futuro, fofocas e pequenas maldades sem importância. Não tenho que olhar o relógio, não tenho que dar de mamar. Por não ter, não tenho nem que pensar no que não tenho que fazer. Mas, em um dado momento, senti uma forte pressão nas mamas e tive que ir ao banheiro para, literalmente, ordenhar-me na pia. Assim, ao voltar para a mesa não houve remédio senão falar das crianças.

A maioria dos nossos antigos companheiros de apartamento AB sucumbiram ao vício, mas Léa foi a pioneira. Só tinha vinte e três anos quando nasceu Matthias. Tal entusiasmo reprodutivo frequentemente é, para alguns, fruto de uma paixonite, e eu achava que esse tinha sido o caso da minha amiga, ainda que tanta pressa não tenha deixado de me surpreender.

– Certeza que você quer ficar neste hotel? Você sabe que na minha casa nova tem lugar de sobra.

– Sim, sim, tenho certeza. Não me leve a mal, mas gostaria de passar pelo menos uma noite aqui, ainda que seja apenas uma.

– Ok, mas não pense que deixarei você ir embora tão rápido.

– Conto com isso. Outra cerveja? E algo para comer, por favor, senão vou desmaiar.

Não me leva a mal e tenho certeza de que me entende – inclusive sente inveja de mim –, quem melhor do que ela, com três feras esperando-a em casa.

Eu tinha reservado um quarto em um hotel que já conhecia, o pequeno, mas arrumadinho Hôtel d'Angleterre, no interior das muralhas, onde tinha me hospedado sete anos atrás. Naquela ocasião também vim sozinha; contava com a companhia do meu namorado da época, um colombiano que tinha conhecido em Londres e que não teve remorsos em dizer-me que, antes de acompanhar-me até Avignon para o batizado civil (que não sabia nem o que significava), preferia mastigar lâmpadas. Pouco tempo depois daquilo nos separamos, como se podia prever, e aí que Niclas apareceu na minha vida. A visita a Avignon e, inclusive, o batizado civil tinham simbolizado para mim uma transição vital importante.

– O hotel é bastante aconchegante, os melhores quartos são os voltados para o boulevard – disse-me Léa naquela ocasião, quando me acompanhou até ali com o pequeno Matthias em seu carrinho.

Pode haver inúmeras razões legítimas para conhecer os quartos dos hotéis na sua própria cidade – manutenção nos pisos da sua casa, necessidade de fugir da rotina etc. –, mas pela forma como me disse, deu-me a entender que esses não eram os seus motivos. Não quis continuar o assunto. Saiu da sacada, que não dava ao boulevard, mas ao estacionamento de trás.

– E o sabonete para as mãos é fantástico, de menta – continuou, e invadiu o banheiro para verificar se sua afirmação continuava valendo.

Minhas suspeitas aumentaram, claro; mas, em vez de questionar, senti-me coibida e me concentrei em desfazer as malas. Sou de natureza discreta, o pudor está comigo na maioria das vezes.

– Merda, o vestido que eu trouxe para o batizado está igual uva passa – disse completamente irritada, ainda que aliviada por encontrar um tema que alterasse o rumo da conversa.

– Não me diga! Deixe-me fazer umas ligações, evidentemente devemos cancelar tudo.

No fim, conseguimos desamassar o vestido passando-o com as mãos e apareci o melhor que pude na cerimônia. Celebrou-se na prefeitura, o prefeito usava uma faixa tricolor, houve discursos e palavras provavelmente pomposas que eu não entendi. O batizado civil teve origem nos tempos da Revolução, e eu não sabia se no século XXI eu deveria levar aquilo seriamente ou com ironia. Matthias, de qualquer forma, era uma graça, loirinho e amoroso com todo mundo; passou toda a cerimônia de braço em braço sem perder o sorriso.

Depois do batizado, o jantar foi celebrado em um hotel às margens da cidade, próximo a um campo de golfe. O jardim era uma fofura, tinha até uma lagoa. A comida estava muito boa, tinha cheiro de erva recém-colhida e o calor começava a ser suportável. O colombiano ia ficando no passado, bem distante, e graças ao champanhe começava eu a entender cada vez melhor o francês, assim me convenci que não seria muito difícil conhecer alguém digno de ser convidado ao Hôtel d'Angleterre: tratava-se apenas de jogar bem as cartas.

No entanto, se parássemos para observar, logo notaríamos um ambiente um pouco estranho, algo no ar que, a princípio, eu atribuí ao caráter pouco festeiro dos franceses: o namorado de Léa, Albert, bebia muito e toda vez que ela se aproximava de mim era para se queixar dessa festa estúpida – ideia, veja só, de Albert – e da fortuna que tinham gastado.

Já próximo à meia-noite, a avó de Matthias levou-o para dormir e os adultos seguiam ali, sem outro objetivo na vida que não beber *desesperadamente*.

Eu me sentia um pouco perdida, desorientada, mas também feliz, e com meus escassos recursos tentava comunicar-me e fazer também feliz a todo mundo, sentia-me *sympa, très sympa*, e ao mesmo tempo desatava meu instinto caçador toda vez que passava um garçom com uma daquelas maravilhosas bandejas repletas de taças de champanhe.

O clímax da noite estava a ponto de chegar. Do nada, Albert caiu no chão de joelhos, agarrado ao quadril de Léa. A princípio considerei que era uma demonstração etílica de amor e devoção, mas logo me dei conta de que o homem chorava como um bebê e de que Léa lhe respondia com cara de asco. O DJ não se deu conta ou era um profissional de primeira (essas cenas superbizarras, em sua profissão, deviam ser bem habituais); em todo o caso, a música não parou e a maioria dos convidados seguiram dançando como se nada tivesse acontecido. Eu, por outro lado, fiquei quieta seguindo a cena e, quando Léa conseguiu separar-se de Albert e fugir correndo, saí atrás dela. O pudor que tinha sentido no dia anterior já não aparecia.

Encontrei-a no banheiro, lavando o rosto.

– Venha, eu te levo para o hotel, quer?

Eu disse que sim, sem levar em consideração a quantidade de álcool que minha motorista tinha nas veias. No entanto, chegamos inteiras, ainda que sem abrir a boca durante todo o trajeto. Ao estacionar, Léa disse-me que não tinha vontade de voltar para casa, por fim o bebê dormiria com a avó, assim não tive nenhum problema em acolhê-la no meu quarto. Foi naquela cama do Hôtel d'Angleterre onde resumiu-me toda a história.

Na verdade, era algo bem simples. Quando estava grávida de três meses conheceu Fabrice, um pai da escola onde Léa fazia estágio. Foi um relâmpago instantâneo que acendeu um fogo incontrolável, nunca uma metáfora tão clichê poderia ter feito tanto sentido para o que aconteceu. Simplesmente, a coisa se descontrolou e eles não puderam evitar. Começaram a se encontrar no Hôtel d'Angleterre, quatro, cinco, seis encontros clandestinos, enquanto a barriga de Léa ia ficando cada vez mais e mais evidente. Ao homem (casado, pai de dois filhos, doze anos mais velho que ela) não lhe importava. Pelo contrário, mostrava-se inclinado a assumir a paternidade daquele bebê que não era seu. Assim passou Léa sua gravidez, a doce espera, em meio a um furacão de duplo adultério. Aquilo era viciante, um coquetel de medos, culpas e orgasmos. Foram muitas idas e vindas, as dúvidas, as lágrimas, os gestos cinematográficos, as rupturas definitivas que apareciam a cada duas semanas. Eu conseguia imaginar perfeitamente: Léa mostrava-se insegura e Fabrice, por orgulho, concordava em voltar atrás; chegavam as palavras duras, o rancor e o despeito, e depois de uns dias de espera agoniante, sempre um dos dois propunha um novo encontro, o último, para terminar bem, e voltavam a encontrar-se no Hôtel d'Angleterre e começava tudo de novo.

Um mês antes do parto, Léa dedicou-se a cortar o mal pela raiz. De repente sentiu que tinha que agir com sensatez e foi capaz de resistir durante essas últimas semanas. Mas na noite depois do parto, no hospital mesmo, enviou uma mensagem para Fabrice. Somente para avisar que tudo tinha corrido bem, justificava.

Durante esses dias, enquanto o bebê habituava-se à vida, Albert descobriu tudo. E começou o verdadeiro drama. Logo a esposa de Fabrice também soube de tudo, e a notícia chegou ao colégio onde Léa fazia o estágio. Podia dizer-se que toda a população entre oito e oitenta e oito anos de idade do departamento de Vaucluse ficou sabendo da história.

Nesse momento tive que levantar-me da cama, incapaz de parar a rotação do quarto, e perder a pouca dignidade que me sobrava vomitando desesperadamente no banheiro. Quando voltei para minha amiga, ela parecia tranquila, inclusive sóbria. Seguiu a história como se nada tivesse acontecido, enquanto eu me encolhia e escondia a cabeça debaixo da almofada.

– Grávida e com um amante; quebrei um tabu, né? Provavelmente o maior de todos.

É claro que a história me impactou naquele momento. Tinha apenas vinte quatro anos e um histórico sentimental vulgar como poucos. Um bom medidor da idade e da experiência pode ser o quanto nos impressionam as histórias de nossos amigos. Hoje em dia, poucas coisas poderiam deixar-me em estado de estupefação como me deixou aquela história da Léa. Isso me causa desgosto porque sinto que, na verdade, como diria o poeta, já quebramos todos os copos da nossa ingenuidade.

Agora, por exemplo, não direi que o maior tabu é ter um amante durante a gravidez.

Nem perto de ser o maior...

●

Breve inciso, somente porque me preocupa deixar claro que sou uma pessoa culta. A castidade, nos tempos dos romanos, significava proteger a casta. A mulher grávida podia, em teoria, dormir com quem quisesse, pois a linhagem estava assegurada nesse momento. Julia, filha do imperador Augusto, respondia assim, quando lhe perguntavam como mantinha sua *castitas*: "*Numquam enim nisi navi plena tollo vectorem*". Ou dito de outra maneira: "Não subo passageiros a não ser quando o barco está cheio".

Nos tempos atuais, a castidade se mede não pelo quanto se protege a estirpe, mas por quanto prazer se submete.

●

Serviram-nos doze ostras e duas taças de vinho. Na verdade, eu não gosto de ostras, mas me vejo incapaz de recusar a oferta se alguém me oferece. Não quero ser uma estraga-prazeres, entendo seu valor estético. Qualquer projeto de sofisticação se prostraria fadado ao fracasso se eu verbalizasse que, na verdade, eu não gostava de ostras. Além disso, depois de uma abstinência tão prolongada, duas cervejas geladas, ou teriam sido três?, tinham me levado com grande facilidade à fase eufórica da embriaguez e, por isso, sentia-me capaz de tudo, inclusive de manter na boca esse molusco pegajoso e amorfo. Por que não? *Allons, enfants de la Patrie!*

Falar de Jade continuava parecendo totalmente fora de hora. Verão, vinho branco, ostras, amiga. Quem queria falar de uma louca que tinha matado seus gêmeos? Por acaso não era melhor ao menos esquecer que essas coisas podiam acontecer?

Por sorte, foi Léa que se lembrou do motivo do nosso encontro. E enquanto comíamos ostras lembrou-se de como aquela louca lhe havia ensinado a enfiar os dedos na garganta, e em atos seguidos resumiu em quinze minutos duas infâncias e duas adolescências.

●

Sempre andavam juntas. Desde que se conheceram, com seis anos recém-cumpridos. Jade era travessa, maluca, cheia de malícias, era valente. Também sabia fingir que era uma boa menina se as circunstâncias assim exigissem. Mais de uma vez sobrou para Léa as consequências dos atos de Jade. Não era boa estudante, tampouco se esforçava. Não gostava de ler e não tinha nenhum talento especial com os números. Iam à escola de ônibus. Jade sempre aparecia sozinha no ponto, e sozinha tomava o caminho de volta para casa. Vivia com sua mãe e um meio-irmão mais novo. Visitava com frequência a casa de Léa. Léa mal pisou na de Jade. A mãe de Jade não trabalhava, era meio surda e, por ter dois filhos, recebia ajuda suficiente para subsistir. Estava só ossos, fumava o tempo todo. Pode ser que também bebesse. Sempre tinha um potinho de Listerine perto da geladeira e fazia gargarejo ali mesmo, cuspindo sobre os pratos sujos. Léa morria de asco. Não tinha pai – uma vez, Jade contou que era um jogador de handebol que tinha fugido da Polônia para viver um sonho capitalista, mas que fugira de novo quando ela nasceu. Sua mãe e o polaco tinham se conhecido no hotel onde a mulher trabalhava. Ela serviu o café da manhã e ele a engravidou. Nem ideia se existia alguma verdade naquilo tudo. Nem a própria Jade saberia, na verdade. Sua cara, sem dúvidas, tinha algo eslavo, os olhos, a maçã do rosto.

(Primeira ostra.)

Depois de almoçar na cantina da escola, Jade pegou Léa pela mão e a levou para o banheiro. Ali lhe ensinou a livrar-se da comida mantendo o dedo do meio e o indicador na garganta. Tornou-se um hábito depois de comer. As modelos também faziam isso, era uma maneira de limpar-se por dentro. Léa sentia tanta satisfação naquilo que começou a praticá-lo também durante a noite, na sua casa, depois do jantar. Seus pais não demoraram para descobrir, levaram-na ao psicólogo. Tinham onze anos e então se separaram pela primeira vez. Jade não era uma boa influência, diziam-lhe. Não foi uma boa época, melhor não dar detalhes.

(Segunda ostra.)

Começaram o Ensino Médio e isso lhes deu a oportunidade de voltar a estar juntas. Foi nesse momento que Jade começou a pintar e a receber elogios dos professores. Léa tocava piano, mas ninguém se incomodava muito em animá-la. De vez em quando, sem dizer nada a sua amiga, seguia vomitando em segredo. Era algo esporádico, não queria alarmar ninguém. Não sabia se Jade fazia o mesmo, mas gostava de pensar que sim, que essas arcadas as uniam a um nível que ninguém mais podia alcançar.

Jade começou o bacharel artístico assim que se mudou para um colégio diferente. Viam-se no centro, faziam alguma compra, cometiam algum pequeno furto e passavam as horas perto de um rio, fazendo planos, bebendo gim. Jade sempre tinha uma corte de meninos a sua volta, mas não lhe custava nada mandar-lhes passear para ficar com Léa. Por esse motivo ela se enchia de orgulho.

Às vezes, pegava-a em pequenas mentiras, às quais tentava não dar muita importância. Atribuía à vergonha que Jade sentia de sua família, a mãe doente, o irmão meio retardado. Sua meta era agora a escola de Belas Artes de Paris, a melhor da França. Ali tinham estudado, entre outros, Delacroix, Monet e Renoir. Como primeiro requisito devia enviar um portfólio com suas obras. A própria Léa a ajudou a selecionar seus melhores desenhos e aquarelas. Declarava-se uma sincera admiradora daqueles corpos de mulheres cada vez mais parecidas com serpentes. Ambas estavam iludidas com a aventura de Paris, ainda que Léa já tivesse combinado com seus pais que estudaria História na Universidade de Avignon.

Entrar naquela escola parisiana era muito difícil, mas Jade era boa. Durante os anos do bacharelado suas notas tinham subido de maneira notável e todos os professores eram encantados por suas aquarelas, essas mulheres belamente deformadas uma e outra vez.

Um dia de maio, às onze da noite, tocou o telefone da casa de Léa, o que fez toda família tremer. Era Jade. Ligava para sua amiga depois de passar o dia todo nas nuvens. Tinha recebido uma carta de Paris pela manhã. Tinham aceitado seu portfólio e a convocavam para a prova presencial. Não podia acreditar. Temia acordar do sonho a qualquer momento. Para Léa não foi nenhuma surpresa, depositava toda sua fé na amiga. No entanto, conforme a data da prova se aproximava, começava o drama: Jade não tinha dinheiro para a viagem. Sua mãe não queria lhe dar nada e, como já era maio, as economias preventivas do seu trabalho de férias – ambas passavam as férias trabalhando em uma loja de suvenires – já tinham evaporado havia tempo. Léa conseguiu o dinheiro para o trem e para a pensão: um pouco de suas economias, outro pouco da carteira da sua mãe.

Passou vários dias sem ter notícias da amiga, mas estava confiante de que tudo sairia bem. Na sua cabeça o plano era perfeito: quando fizesse o próximo curso teria alguém para visitar em Paris, alguém que lhe apresentaria os lugares mais boêmios e as pessoas mais interessantes da cidade. Estava tão certa disso que, quando Jade contou que a tinham aceitado, ela não mostrou nenhuma surpresa. Saíram para comemorar. Tomaram umas doses de tequila, todas por conta de Léa. Quando chegou em casa bêbada, às quatro da manhã, a bronca dos seus pais foi memorável.

Na metade do verão, outro drama: depois de muito calcular, e contando com a humilde bolsa de estudos que talvez recebesse, ainda era impossível sobreviver em Pais durante o curso. Morar nessa cidade estava caríssimo: aluguel, boletos, compras, materiais para o curso... simplesmente impossível.

"E se você conseguisse um trabalho à tarde, nos finais de semana?", dizia Léa. Não era o mais recomendado. Aquela escola era tão restrita, tão exigente, e a concorrência era tão alta que fora do horário de aula deveria seguir pintando, praticando, estudando.

(Pausa mais longa para comer uma terceira e quarta ostra.)

Consideraram todas as soluções ao seu alcance, e eram planos majoritariamente loucos: colocar um anúncio no jornal para conseguir um patrocinador, entrar em contato com o pai ausente (que sem dúvidas pensavam que era rico, a essa altura, dono de um time de handebol) e pedir-lhe ajuda, ou encontrar um edifício ocupado onde pudesse viver sem pagar aluguel.

Dessas três opções, na verdade só tentaram a primeira. Léa pagou do seu bolso um anúncio por palavras bastante estúpido. Nenhum patrocinador apareceu, mas o *diário La Provence* ligou para Jade para que ela participasse de uma extensa reportagem, junto a outros estudantes, que trataria das dificuldades que enfrentavam os universitários de pequenas cidades que se mudavam para Paris. No começo do século XXI, as grandes metrópoles do mundo reinventavam-se e revalorizavam-se, os grupos de elite começavam a crescer com elas e expulsavam os vizinhos – todo mundo já ouviu a palavra "gentrificação" em Londres, Nova York e Paris. Dentro desse planejamento, as palavras de Jade – e o que dizer dos seus olhos de gato – encaixavam perfeitamente nas páginas do jornal.

(Quinta ostra e penúltimo gole.)

Por desgraça, depois da reportagem o patrocinador continuou sem aparecer. Jade deu-se por vencida. Muito cedo, segundo Léa. Tinha em suas mãos a possibilidade de dar o grande salto e ia deixá-lo passar por uns francos de merda. Além disso, já era tarde para fazer a matrícula na Universidade de Avignon, perderia um ano da maneira mais boba possível. Mas falar com ela e tentar convencê-la a não se render era impossível. Léa também acabou aceitando. A partir daí começaram a distanciar-se. Ela começou a universidade e Jade, a vagar pelo mundo. Diziam que saía com um homem, agora em Toulouse, depois em Marselha ou Barcelona. Já não morava com sua mãe, visitava a cidade de forma esporádica, ninguém sabia exatamente como levava a vida. Léa tentava entrar em contato com ela sempre que podia. Preocupava-se com sua amiga, podia acontecer-lhe qualquer coisa. Às vezes conversavam por telefone: tudo lhe estava saindo perfeitamente bem, trabalhava de modelo aqui e ali, ganhava um bom dinheiro. Depois de falar com ela, Léa ficava mais tranquila. Talvez fosse verdade que estava conhecendo um mundo fantástico, que finalmente era feliz. Enquanto isso, o que ela estava fazendo com sua vida? Morar com os pais, desperdiçar a juventude em uns estudos absurdos. Pintar? Não, isso já não a interessava, era um trabalho muito solitário, o que de verdade lhe caía bem era a vida social.

A possibilidade de passar um tempo na Inglaterra se abriu para Léa como se abre uma cortina. Poderia mostrar à sua amiga que ela também tinha vocação aventureira. Por isso convidou-a a acompanhá-la naquela primeira semana. Léa lhe daria a passagem de avião, dormiriam juntas no seu quarto. Jade aceitou. Tratava-se de um tudo ou nada: a última oportunidade de recuperar a intimidade perdida.

(Sexta e última ostra, e retomar a consciência do que foi ingerido.)

– E como foi? – lhe perguntei enquanto engolia as últimas gotas de vinho branco, mais para tirar aquele gosto de molusco que por sede.

– Pois vou te contar, você estava lá: um desastre. Até esse momento Jade era a mulher do mundo, e eu, ao contrário, a monga que nunca tinha saído da casa dos pais. Mas nada como colocar um pé na universidade, as máscaras caíram. Encontrava-se fora do seu lugar, não sei se você se lembra, escondida como um cachorrinho, com medo de que alguém lhe dirigisse a palavra, pois falava apenas inglês. E isso lhe fez muito mal: dar-se conta disso, ou que eu me desse conta. Acho que foi por isso que não falou comigo.

– Quando voltou para a França, não tiveram mais contato?

– Nunca mais, a terra engoliu-a. Liguei, escrevi não sei quantos e-mails. Em pouco tempo recebi o avisou de que seu e-mail já não estava operante. Cheguei a pensar o pior. Tempos depois cheguei à conclusão de que estava fugindo das suas mentiras, talvez para viver uma nova. Suponho que foi nessa época que mudou de nome e de e-mail.

– De que mentiras você está falando?

— De todas, ora. Por acaso você acredita que tem alguma verdade em tudo que te contei? Isso de Paris, o que acha? Nessa escola de arte só aceitam dez a cada cem portfólios que recebem; e desses dez só um é selecionado na prova presencial. Sendo sincera, não acredito que Jade fosse tão boa. Simplesmente pegou o meu dinheiro, saiu para aproveitar umas pequenas férias em Paris e logo inventou essa história de que a bolsa não seria suficiente. Eu nunca cheguei a ver nenhuma carta ou documento oficial dessa escola. Confiei em sua palavra. Mas agora coloco tudo em dúvida.

Queria perguntar-lhe por que mudou de nome, das possíveis conotações de Jade ou Alice, mas veio outra pergunta antes.

— Quando eram amigas, alguma vez te falou algo sobre o desejo de ser mãe?

— Jamais. Pelo contrário, chamava-me de louca quando lhe dizia que queria ser mãe jovem. E quer saber mais? Sobre isso tinha razão. Fui uma idiota inconsciente.

6.
Primeiro aniversário

"As crianças mudam sua vida, e eu amo a minha. Os filhos não são os únicos que podem trazer satisfação e felicidade, e a verdade é que é mais fácil dar vida que dar amor."
Cameron Díaz, na resvista *InStyle*

Instável, narcisista, egocêntrica, carismática, odiosa, fora da realidade, frívola, cheia de complexos, com baixa autoestima, manipuladora, egoísta, mentirosa, agressiva, orgulhosa, traiçoeira, confusa, incompreensível. Tudo isso. Certeza.

Pessoa capaz de assassinar dois bebês, seus próprios filhos fofos e indefesos, trazidos a este mundo com tanto esforço, da forma mais fria e atroz... de maneira alguma. Disso Léa não tinha dúvidas. Ninguém poderia ter previsto algo assim. Mas, na verdade, quem pode matar uma criança? Ninguém. E como ninguém pode, quando uma criança é assassinada, todos somos potenciais suspeitos.

– Não, impossível, não. E, no entanto, fez, não? Foi capaz. Não sei o que dizer, exceto, talvez... enfim, a única coisa que sei é que a gravidez te deixa transtornada – agregou, melancólica.

Tínhamos mudado de bar, fomos a um que não admitisse turistas, mas homenzinhos tristes e silenciosos. Era um dos poucos bares abertos a essa hora (dez e meia da noite).

— E agora, o que será de Jade?
— Quem sabe, qualquer coisa. Desde ser solta até passar quatro anos encarcerada.
— Quando será o julgamento?
— Nos próximos meses, ainda não há uma data.
— Está pensando em ir?
— Talvez.
(Naturalmente que tinha pensado em ir.)
Seguimos bebendo em silêncio.
— No meu caso, Fabrice. Produto da gravidez e do puerpério, sem dúvidas – disse, então, Léa.
— Sério? – Não parara de flagrar a relação causa-efeito.
— Você deve lembrar que quando nos conhecemos eu já estava obcecada pela ideia de ter filhos. A verdade é que desde os dezesseis anos não pensava em outra coisa. Pois foi só engravidar que vieram todas as dúvidas. Coisas básicas para as quais tinha me fingido de surda. Mas comecei a pensar nos amigos da minha idade, em você, que tinha ido morar na Inglaterra, aproveitando Londres e a sua liberdade. Todos aproveitavam as vantagens da idade adulta e nenhum de seus inconvenientes. Sem falar de Albert. Veio-me à cabeça que o escolhi justamente por suas qualidades de pai, nada mais. De repente precisei de uma via de escape, sentir-me viva. E, assim, surge Fabrice. Essa é a única verdade. Se não tivesse sido ele, certamente teria voltado a vomitar depois das refeições. Ou alguma coisa pior.
— Para você Fabrice; para mim a escrita.
— Também quando nasceram as meninas – seguiu Léa ignorando meu comentário, imersa em um profundo exame de consciência – tive uma vontade terrível de estar com ele. Quando Laure nasceu consegui resistir, o drama ainda estava muito vivo e não

tinha vontade de repetir aquele teatro. Mas quando nasceu Agnès, a mais nova, liguei para ele, já não me importava. Sabia que se Albert ficasse sabendo não me daria uma terceira oportunidade e eu não me importava. Fabrice já não mora mais aqui, mudou-se para um povoado da Provença, mas retornou minha ligação e nos encontramos em um hotel às margens da cidade. Ainda que tenha chegado a se separar, no final acabou voltando para sua esposa. Suponho que ele também esteve em maus lençóis. Eu fui com a bebê assim que terminou a quarentena, tomamos uns vinhos e não terminamos na cama porque ele não demonstrou nenhum interesse, vi que estava triste e agoniado, olhando para o relógio e à sua volta, com vontade de ir embora e, bom, qualquer um tem o seu orgulho. Se não, eu já tinha tudo calculado. A que hora dar o leite a Agnès para que dormisse, onde deixar o carrinho, tudo.

— Melhor, não?

— Suponho que foi o melhor, sim.

— Mas, bem, entre o caso de Jade e isso há uma grande diferença, né?

— Claro. O que quero dizer é... Olha, eu antes de ser mãe, na fase de idealização absurda, escutava histórias de mães que abandonavam os seus filhos ou via isso em filmes, e para mim isso fugia da realidade. Como uma mãe poderia abandonar seu maior tesouro? De maneira alguma, não, uma mãe faria *qualquer* sacrifício pelo seu filho, acreditava eu nessa merda. Você assistiu ao último de Kubrick, *De olhos bem fechados*? O filme começa com Nicole Kidman confessando ao seu marido que no verão passado conheceu um homem em um hotel, apenas trocaram olhares, nada além disso, mas nesse exato instante soube, sem sombra de dúvidas, que se esse homem pedisse seria capaz de deixar tudo, seu marido, sua filha, seu futuro inteiro.

– Sim, sim, eu me lembro. E então o marido, Tom Cruise, ficou louco e começou a vagar pela cidade (era Nova York, né?) e se envolve em uma orgia...

– Sim – rimos juntas. – Fica só o pó, tentando durante toda a noite reconstruir sua masculinidade destroçada. Total, por quê? Porque teve que ouvir algo que qualquer mãe, qualquer mulher, pôde pensar um milhão de vezes ao longo de sua vida.

– Verdade.

– Vê? Você também se deu conta de que não há nenhuma essência mágica nas mães, nada que nos faça capazes de resistir absolutamente a tudo. Eu agora mesmo... não diria que não acho terrível, claro, mas parece-me bastante crível que essas mães, sob circunstâncias concretas, abandonem um filho, inclusive as que acabam com tudo.

●

Não disse nada para que ela não pensasse que eu estava dando-lhe a razão por se sentir bem, mas tinha razão: meus sentimentos também vinham se transformando nesse sentido durante aquele último ano. Lembrei-me, então, de Sylvia Plath e como estive bisbilhotando tudo sobre sua pessoa. Ainda que sua poesia me parecesse um pouco hermética, como ambas nascemos no mesmo dia, 27 de outubro, pensei que talvez tivéssemos alguma conexão mais profunda, digna de investigação.

Quando morava em Londres, resolvi caminhar até onde havia sido sua última casa, ao norte de Regent's Park, a uma hora e vinte minutos do meu trabalho. Escolhi uma tarde ensolarada de maio. De todas as metrópoles do mundo, Londres é provavelmente a mais apta para se caminhar. Vista no mapa ninguém diria, dessa perspectiva parece uma ostra gigante com milhões de veias percorrendo seu corpo, uma massa amorfa que te engolirá assim que você pisar. Mas na superfície há flores, parques a cada duas quadras, edifícios sempre baixos, elegantes táxis escuros, portas pintadas de cores alegres e *pubs* acolhedores. (Não é verdade, qualquer um que chegue a Londres aprende rapidamente que há zonas ao sul do Tâmisa ou ao leste da cidade onde nunca se deve pisar, mas esses lugres são apagados, deixam de existir, e só fica a Londres caminhável, elegante e civilizada sob seus pés.)

Eram oito da noite, hora habitual de saída do trabalho (minha vida ali não era nem de longe tão livre como imaginava Léa), mas o dia não acabava: as tardes de maio são eternas em Londres, assim eu caminhava extasiada com o cheiro da primavera e suas promessas.

Quando vi na fachada de um edifício uma placa azul, soube que tinha chegado. São placas criadas e penduradas para fazer lembrar os moradores notáveis da cidade, mas o número 23 de Fitzroy Road não fazia lembrar de Plath, mas de outro poeta. Irlandês, místico e pai tardio, William Butler Yeats também tinha morado nessa casa, uns cem anos antes que Sylvia, na sua infância. Como ele chegou primeiro, tinha recebido um Nobel e tinha tido o bom gosto de não se suicidar entre quatro paredes, a placa fazia referência a ele. De Sylvia não havia nem sombra.

Senti-me decepcionada diante dessa fachada sem nada especial? Moldura branca, fachada azul. Cercas metálicas pretas com uma plaquinha na qual se suplicava que não amarrassem bicicletas. Não. Esse tipo de peregrinação sempre é interior, e eu tinha encontrado exatamente o que queria. Dediquei-me uns segundos a imaginar a bela Plath: do outro lado do muro preparando leite e torradas para seus filhos. Tenho certeza de que acrescentava uma camada bem generosa de manteiga às torradas, como manda a tradição britânica. Deixaria depois o café da manhã na mesinha de cabeceira dos filhos, que ainda dormiam. Depois abriria a janela e, depois de vedar a porta dos filhos com toalhas, desceria até a cozinha. Ali também se certificaria de que as portas estavam vedadas com toalhas. Agora só faltava abrir o gás, enfiar a cabeça no forno e pronto, *goodbye, babies.*

Tinha trinta anos. Sua filha Frieda, quase três; Nicholas, o mais novo, apenas trezes meses. Imaginei Frieda na manhã seguinte, consciente de seu papel, dando ao irmão o leite frio. Mas parece que quem encontrou o corpo chegou antes das crianças acordarem.

Os dois partos da poeta foram rápidos e fáceis, ambos em casa (não na da visita, mas em outras), relatados com profusão de detalhes a sua mãe nas frequentes cartas que enviava aos Estados Unidos. O nascimento de ambos os bebês tinha enchido de felicidade a desgraçada vida da poeta. Não se vislumbra em sua biografia nada que indique, ainda que remotamente, uma depressão pós-parto. O ímpeto criativo voltava com vigor no puerpério. Combinando turnos com seu marido, Ted Hughes, para cuidar dos bebês – por outro lado, marca de sua ira feminista –, fechava-se em seu estúdio e escrevia. Foi imediatamente após o parto de sua segunda filha que escreveu *Ariel*, sua obra mais conhecida. Em 4 de março de 1962, apenas seis semanas depois do nascimento de Nicholas, escreveu para sua mãe estas linhas que me enchem de admiração e vergonha: "Estou começando a conseguir passar duas horas e pouco no meu estúdio pelas manhãs, e espero que chegue a quatro quando tiver forças para me levantar às seis (o que acho que não demorará muito, assim que Nicholas deixar de acordar e pedir o peito pela noite)". Em abril escreveu: "Nunca sonhei que os filhos fossem capazes de proporcionar tantas alegrias. A verdade é que acho que os meus têm algo especial". Dia 15 de junho: "Não me lembro de sentir-me tão bem e feliz como agora".

Êxtase na escuridão.

Mas, aos poucos, de novo e dessa vez para sempre, apenas escuridão.

Acho que passei uns cinco ou seis minutos em frente àquela casa, observei uns poucos vizinhos entrando e saindo, imaginei um interior compartimentado até os limites insuspeitos em uma residência que em outros tempos havia sido unifamiliar. Antes de ir embora, e correndo risco de levantar suspeita, ainda dediquei uns minutos mais à minha visão dos últimos minutos de Plath. Seus beijos de despedida a essas criaturas das quais "adorava cada pedacinho". Esse amor totalmente dedicado a eles tornava ainda mais inimaginável seu suicídio. Por acaso, ainda que fosse apenas por eles, não valeria a pena seguir um pouco mais? A mera perspectiva de ver Frieda e Nicholas não era incentivo suficiente para seguir vivendo? Pelo menos até que chegassem à adolescência?

Pelo visto não.

Depois do suicídio de Sylvia Plath, seu marido teve outra filha com sua amante Assia Wevill. Ainda viviam juntos e Assia fazia-se de mãe para os órfãos Frieda e Nicholas. Eles nunca se casaram, e Ted Hughes nunca reconheceu a nova filha, uma pequenina tão bela como a mãe a quem chamavam carinhosamente de Shura.

A vida tornou-se difícil. O fantasma de Sylvia assombrava Assia sem descanso e, finalmente, em março de 1969, ela também abriu a chave do gás, ainda que adicionando uma inovação a essa tradição familiar inaugurada por Sylvia. Antes de ligar o gás deu a Shura uns soníferos e a deixou dormindo em um colchão na cozinha. Depois de ligar o forno, ela também se jogou no colchão. Abraçou sua pequena. Até que tudo se apagou.

Shura tinha quatro anos; Assia, a artista meio judia que quando criança tinha conseguido escapar dos nazistas, quarenta e um.

●

Em psiquiatria, utiliza-se o termo *suicídio ampliado* nesses casos. O filho de Sylvia Plath, Nicholas Hughes, também se suicidou no Alasca em 2009. Foi até aí que se ampliou o suicídio da poeta loira, a macabra tradição familiar. Até o Alasca.
Uluru.
Dingo.
Rodésia.
Alasca.

●

— Se pelo menos depois tivesse se suicidado... — disse rapidamente Léa, o que confirma minha suspeita de que pode ler meus pensamentos.
— Agora até teríamos compaixão dela, sem dedicar nem dois segundos para as crianças.
— Exato.
— Mas não se matou, foda, continua viva, vive com isso que fez.
— Isso é o pior.
Ficamos observando a garrafa de vinho sem adicionar mais nada.

●

Eu queria saber mais e, ao mesmo tempo, não queria saber mais nada. Começava a ter a impressão de que quanto mais Léa falava sobre Jade/Alice, mais se desvanecia o mistério. E não podia fazer nada com as sobras. O semblante da mulher estava bastante claro, Léa era perspicaz e sabia chegar ao fundo das coisas, mas o que aconteceria se nesse fundo não tivesse mais que o nada absoluto? Adolescente errática, educada em um entorno familiar desestruturado, afligida por uma ou várias doenças mentais sem diagnosticar. Não apresentava um quadro muito original, poderíamos dizer quase um clichê. Um retrato bem definido que não ajudava a explicar os fatos.

Procedia, assim, afastar-se da realidade. Aproximar-se da ficção. E confiar que, por alguma de suas rachaduras, aparecesse algo de verdade.

Ou talvez, simplesmente, deveríamos mudar de bar e seguir bebendo. O ruim é que estávamos em Avignon, era tarde e nossa única opção era terminar a noite em uma discoteca. Léa propôs então um passeio próximo ao Ródano, admirar a ponte velha iluminada. Aceitei encantada. Ela sempre vinha aqui quando era adolescente, com um livro embaixo do braço, e por um momento sentiu nostalgia: desde que morava às margens da cidade, não visitava o centro, quase estava esquecendo as muralhas, o barulhinho o rio, a ponte.

– Como você a imagina? – perguntei-lhe depois de caminhar em silêncio vários minutos. – Como estaria seu humor nesse dia, ao lado da banheira? Raiva? Alienação? Indiferença?

– É algo em que tenho pensado muito. – Minha amiga levou quase um minuto antes de responder. – E a verdade é que não sei qual hipótese é mais aterrorizante. Posso entender a ira, esse momento incontrolável em que tudo explode. Não paravam de chorar? Viu-se incapaz de acalmá-los? Perdeu a paciência? Um impulso irracional e uma atitude sem volta. Poderia ser. Mas e se o fez com calma e determinação? Despiu os bebês, colocou o primeiro na banheira, pressionou suavemente a cabeça até afundá-la na água. E quando a criança agita os braços e as pernas, querendo lutar pela vida, com os olhos bem abertos, olhando para sua própria mãe... e ela continuava... quando a carinha fica roxa... e ela continuava... e ela continuava até o final.

– E depois repetir todo o processo com o outro bebê.

– Quem iria primeiro? O menino, com certeza.

– Eu acho que a menina.

Não sei por que disse isso. Foi tanta a frivolidade que me esqueci de mim mesma. Senti uma contração no estômago que subiu para a garganta. Afastei-me de Léa o mais que pude e vomitei na água. Meu desapontamento foi rumo ao Mediterrâneo.

– Pare, um clássico todo vez que você vem a Avignon – disse Léa, rindo.

– Foram as ostras, eu já sabia... – respondi no mesmo tom.

Mas, na verdade, estava chorando, e segui assim por um tempinho, protegida pela escuridão, nauseada por tudo.

Tinham coisas das quais eu não podia falar, e exatamente por isso precisava escrever sobre elas. Ainda que eu não estivesse bem.

●

No hotel, talvez em um dos quartos do adultério de Léa, puxei meu caderninho e tentei registrar tudo o que a noite tinha rendido. Ao terminar, fui outra vez ao banheiro para ordenhar-me, mas mal saíram quatro gotas: o corpo se adaptou rápido. Eram três da manhã quando, por fim, apaguei a luz e entrei em um sono profundo que durou seis horas, seis horas que passei estranhamente sozinha.

Pela manhã continuava com o estômago embrulhado, por isso optei por pular o café da manhã e me joguei diretamente na estrada. Antes de passar pela fronteira parei o carro em um posto de serviço. Depois de engolir um *macaron* de chocolate gigante e um café igualmente grande, xeretei um pouco a loja. Por fim, escolhi um trem de madeira, um clássico, mas isso me saiu exageradamente caro. Pareceu-me um presente apropriado para o pequeno pirata que me esperava no hotel e que, no dia seguinte, cumpriria seu primeiro ano de vida.

Nos dias que sucederam, inclusive nas semanas que viriam, e pela primeira vez desde o dia do parto, minha vitalidade esteve muito afastada da história de Jade. Não voltei a abrir meu caderninho e mal me lembrava do encontro com Léa. Sentia-me enjoada, com tão pouca vontade de voltar a comer ostras como de revisar as linhas escritas até então. Havia pensado que estar com Léa e receber de suas mãos um retrato vivo de Jade seriam o estímulo que me faltava. Não podia estar mais errada. Por muito que houvesse aproveitado daquele tempo com Léa e da minha noite livre, a escapadinha a Avignon havia tido exatamente o efeito contrário do que havia planejado.

O resto das férias passaram satisfatoriamente. Minhas vinte e quatro horas de ausência não traumatizaram ninguém. Acabamos habituando-nos à rotina que o hotel impunha. Erik foi superando sua fobia de água e pudemos organizar para ele uma pequena festa na área da piscina, para a qual convidamos um montão de crianças para comer bolo conosco. Pouco tempo antes de retornarmos para casa chegaram os pais de Niclas, e em nosso posto de anfitriões não tivemos nenhum minuto livre: o casal chegou com vontade de coroar todas as montanhas de Bizcaia. Quando, por fim, se foram eu estava exausta. Mas era um esgotamento puramente físico: a cabeça não pesava, nada me incomodava realmente e no horizonte não se percebiam nuvens. Aproveitei muito do bebê por esses dias de agosto. Bem nessa época começou a dar seus primeiros passos; vinha estendendo seus braços, gritando de alegria e incredulidade diante de sua própria façanha e, quando chegava até mim, o coração parecia que ia explodir de amor e orgulho em partes iguais, e eu pensava: que rápido florescem diante dos nossos olhos, e mal nos damos conta, por estarmos tão ocupados de sua criação.

Os dias passavam, setembro espreitava e eu seguia sem poder convocar minha vontade de escrever. E se essa inspiração simplesmente não voltasse? E se eu nunca acabasse o livro? De todo modo, alguém queria ler algo assim? E se na verdade eu estivesse fazendo um favor à humanidade não escrevendo, deixando que o incidente se perdesse pelas sarjetas da história? Inclusive, aconteceria algo se eu não voltasse a escrever nunca mais?

Mas o caso é que eu tinha tirado uma licença maternidade, uma decisão que tinha condicionado a vida familiar, e agora não podia enfiar tudo que escrevi em uma caixa sem mais nem menos e dizer que preferia deixar tudo como estava. Tampouco estava muito clara essa ideia de deixar de escrever para sempre. O que seria de mim com essa característica identitária castrada, silenciada? Em que momento eu me transformaria? A partir de um ponto de vista mais mundano, não estaria dando razão aos meus críticos declarados com uma decisão assim?

Também havia uma solução intermediária: a de adaptar o projeto, uma vez que ninguém sabia sobre o que exatamente eu estava escrevendo. O caso de Jade dissimuladamente poderia ser deixado de lado, podia ficar com todo o trabalho de documentação e com minha própria experiência materna, e construir uma espécie de ensaio/diário/crônica. Mas tinha algo interessante para contar além de porcentagens, dentes, choro, constipação e diarreia? Apresentando-me isso, imaginava o resultado: uma mistura de queixas e afeto, esgotamento e amor, decepção e ternura infinita, página a página, uma e outra vez, um rebuliço ambivalente e cansativo que deixaria qualquer um com náuseas. Um horror.

Pensava que voltar ao trabalho era o que eu precisava. Meu emprego tem seu ponto criativo – projetar planos de comunicação para clínicas dentárias exige sua parte –, e a rotina laboral, com suas misérias e satisfações, me daria distância e perspectiva. Preparei-me, então, para congelar um pouco o que até então havia escrito. *Sine die.* Já viria, se tivesse que vir, a inspiração final para acabar o livro.

No último dia de agosto, que era também nosso último dia de férias, passamos a tarde sentados em uma varanda bebendo cerveja com refrigerante, enquanto Erik, aos nossos pés, recolhia caroços de azeitonas e guardanapos usados. Então abri o jornal por uma inércia e dei de cara novamente com uma notícia que mudaria meus planos: segundo aquela página sebosa, o julgamento contra Alice Espanet era iminente. A seleção do júri estava prevista para meados de setembro e, depois, começaria tudo. Encarei a notícia como um tapa na cara. Eu esperava que os parênteses fossem mais prolongados. Seis meses, um ano. Mas não; depois de quatorze meses desde os fatos, tudo estava pronto, sinal de que a instrução havia sido simples.

A incerteza voltou a tomar conta de mim, a única diferença é que desta vez no sentido contrário: o que eu realmente precisava era estar presente naquela sala, ali quieta, atenta, seguindo cada palavra e cada gesto. Precisava ver a cara de Jade/Alice, escutar sua voz, examinar seu olhar. Era uma ocasião imperdível, e todos os sinais, assim, faziam-me acreditar: a notícia chegada antes do previsto para pegar-me no exato momento em que mais oscilavam minhas ambições. Era no julgamento onde, por fim, eu encontraria todas as chaves necessárias para finalizar o livro. Era tão claro e foi tudo tão natural que não me surpreendi por voltar imediatamente para o estado obsessivo ao qual tinha-me ensimesmado um ano antes. Ali mesmo, naquela varanda.

Foi um retorno que agradeci.

O único problema que via era de índole logística. No dia seguinte esperavam-me no escritório *briefings* e cafés de máquina, assim sendo, contava com poucas horas para organizar tudo, tanto em casa como no trabalho, uma extensão da licença.

O estado da minha conta corrente, no fim do verão e depois de um inesperado implante dental de Niclas? 4.407 euros.

Segunda parte
Violência

# 1.
Matar as crianças

"É um mundo duro para os pequenos."
Lillian Gish em *O mensageiro do diabo*

Damas e cavalheiros do júri, antes de mais nada, inspirem, expirem, relaxem a mandíbula. O melhor que podem fazer é não se escandalizar. Talvez o que vocês precisem agora seja um pouco de perspectiva histórica. Porque, vocês compreenderão, nada disso é novo. Muito pelo contrário, podemos dizer que é tão velho quanto nossa própria humanidade: sempre mataram crianças, bebês, recém-nascidos. Por quê? As razões podem ser das mais variadas, mas fundamentalmente é por isso, atenção: é fácil matar uma criança. Porque são pequenos, frágeis, incapazes de organizar-se para reivindicar seus direitos, rebelar-se, enfim, afiar a guilhotina e devolver o golpe. Ou seja, esta é a verdade, e voltarei a repeti-la: é fácil matar uma criança. Muito mais fácil que matar homens feitos e direitos, homens poderosos, fortes. Tão fácil que – observem – não é preciso fazer absolutamente nada. Se o aborto exige *ação* (seja com terebentina ou com um cabide enferrujado e sem esterilizar que se introduz até o útero), o infanticídio exige apenas omissão. Não o abrigue, não o alimente, não cuide dele, abandone-o no bosque, tranque-o em um armário, esqueça que o deixou aí. Pronto.

E não é apenas isso, damas e cavalheiros. Se falamos da história, matar crianças, seus próprios filhos, nem sequer foi considerado um crime. Isso porque as crianças, assim como as mulheres e os escravos, sempre foram consideradas uma propriedade, dos pais neste caso, inclusive, em certa medida, ainda atualmente.

De fato, ao longo dos séculos o método mais eficaz para controlar a taxa de natalidade (os anticoncepcionais confiáveis são uma invenção recente) foi o infanticídio. Por acaso não é óbvio se pensamos com frieza? O aborto tem sido, até o início do século XX, uma prática de alto risco para a mãe (na verdade, continua sendo na maior parte do mundo); mas, ao contrário do aborto, abandonar o recém-nascido no bosque não lhe causa nenhum mal. Na Roma Antiga, se uma família queria adotar um bebê, sabia que podia buscar no lixão; sempre havia recém-nascidos ali e, com um pouco de sorte, podiam encontrar algum que estivesse vivo.

Outra razão de peso, século após século, tem sido a eugenia. O médico grego Sorano de Éfeso, considerado hoje o pai da ginecologia, escreveu um guia rápido para saber distinguir as crianças que valiam a pena criar das que não valiam. Por não cumprir certos requisitos, seu conselho era jogar as crianças no rio. Exige-se muita energia e muitos recursos para criar uma criança: é melhor assegurar-se que o investimento dará resultado. Logo terão outros filhos. Mais saudáveis e fortes. Sempre nascem outros. Nisso são obstinados.

Em Esparta essa prática foi levada ao extremo. O próprio Estado se responsabilizava pela seleção dos aptos depois de analisar todos os recém-nascidos: havia os destinados a ser soldados e os imediatamente descartáveis.

Mil anos depois (a história também tem os seus buracos), na Alemanha comandada pelos nazistas, e sempre com o desejo de otimizar a raça ariana, métodos similares foram postos em prática. Os prematuros, os paralíticos e os com suspeita de problemas mentais eram transferidos assim que nasciam para uns pavilhões chamados *Kinderfachabteilungen*; e ali, uma pequena dose de fenobarbital fornecida pelos laboratórios Bayer era suficiente para apagar da história todos esses alemãezinhos defeituosos. Pediatras, enfermeiras e parteiras do Reich eram obrigados a colaborar com o extermínio informando, em troca de uma pequena compensação econômica, cada nascimento "especial". E notem o quão bem fizeram seu trabalho: em poucos anos provocaram um genocídio de uns dez mil bebês. Enquanto isso, o aborto era ilegal na Alemanha e se qualquer mulher o colocasse em prática, ou simplesmente tentasse, era punida com a pena de morte.

Mas sigamos presos ao devir teleológico da história. Não queria, damas e cavalheiros, deixá-los tontos com tantos saltos.

Em Roma, não só era o infanticídio uma prática meramente habitual, como também, e até a chegada do cristianismo, protegida pela lei. Na primitiva Lei das XII Tábuas explicitava-se o poder do *pater familias* de livrar-se dos descendentes se esses nascessem com defeitos. Dessa forma, até o século IV o infanticídio foi moeda corrente no caso de não poder manter o recém-nascido, de não querer mantê-lo, de nascer mulher. "Se é uma menina, livre-se dela", escreveu um comerciante manipulador a sua esposa grávida enquanto viaja a negócios. (Por sorte, atualmente, apenas dois países se apegam a esse costume ancestral de desfazer-se da prole mulher: China e Índia. Por azar, quase a metade da população mundial vive nesses países.)

O assassinato dos meninos também tem sido uma maneira que os homens encontraram para satisfazer aos deuses. Na floresta dos maias, na poderosa Cartago, em terras celtas e na gelada Sibéria, o infanticídio tornou-se uma forma de oferendas às divindades. Ainda que no fim tudo não passasse de uma brincadeira macabra, para Abraão, do Antigo Testamento, não lhe pareceu especialmente chocante nem escandaloso o pedido de Deus. O fato é que ele edificou um altar, colocou a lenha e ateou fogo a seu filho Isaac, trêmulo como um cordeirinho.

Também os reis mais poderosos planejaram holocaustos infantis. Como quem planeja estratégias geopolíticas. Alguns ordenaram a matança de todos os bebês menores de dois anos, sem considerar as nefastas consequências demográficas: o faraó nos tempos de Moisés ou o Herodes da Judeia, mero imitador. Pobres inocentes.

No entanto, respirem, damas e cavalheiros. A história avança e esses hábitos vão sendo deixados de lado. Ao contrário da crença popular, todo o passado foi sempre muito, muito pior. Até agora, pelo menos. Constantino, primeiro imperador romano cristão, renunciou o infanticídio e foi depois de sua morte que uma ideia revolucionária começou a pegar: o infanticídio é uma classe de homicídio. Como? Se são apenas crianças! Pois é, mas ainda assim.

De todo modo, o papel da Igreja não deixa de ser paradoxal neste aspecto: de um lado luta contra o infanticídio; do outro condena, com ímpeto incansável, toda criança que nasce fora do casamento à miséria perpétua. Não em vão, até que começasse o século XVIII, os filhos bastardos não desfrutavam de nenhum direito: nenhuma lei os protegia, eram profanos, excomungados, empestados, sempre condenados a carregar consigo o pecado que suas mães lhes haviam deixado.

E o que há dessa outra religião? O Alcorão também condena explicitamente o infanticídio, exatamente no capítulo 17, versículo 31: "Não mateis vossos filhos por temor à miséria. Nós os proveremos. Sabei que o seu assassinato é um erro enorme".

Existe aqui outra razão de peso. Uma criança, uma boca. Ou seja: outra criança, outra boca... entre muitas bocas famintas. Deus, nos dizem, suprirá. Mas esse suprimento está garantido?

Foi um clérigo anglicano, Thomas Malthus, o primeiro a alertar sobre o potencial crescimento da população humana diante de uma limitada capacidade de desenvolvimento dos meios de subsistência. A consequência previsível era a catástrofe malthusiana, um desastre de proporções bíblicas atribuído apenas à persistente mania de nascer meninas e meninos. Não era mais necessário ler Malthus para presumir que, já que o instinto de se reproduzir é implacável, o desejável seria, então, controlar essas novas bocas que chegariam ao mundo, preferivelmente fechando-as para sempre. Mas, nesse caso, como encaixamos o mandato divino, o "cresceis e vos multipliqueis e habitais a terra"?

Umas décadas antes, em 1729, outro clérigo anglicano chamado Jonathan Swift encontrou uma solução de compromisso: recomendou a seus compatriotas pobres que vendessem seus filhos como alimento – preferencialmente os menores de um ano – uma vez que os ricos sabiam apreciar a iguaria, e os pequenos passariam para a vida melhor em forma de fricassé ou ragu, o que era muito mais digno que a morte por inanição que de qualquer forma os aguardava. Era uma solução prática para os pobres da

Irlanda, e um pequeno luxo para os ricos *gourmets:* uma situação *win-win*⁶, como se diz hoje em dia.

Vejo na cara de vocês a desaprovação. Ok, não é momento para sátira. Afinal, a realidade nos devolve casos nos quais, efetivamente, as mães comeram seus filhos por puro desespero, e não faz tanto tempo, na verdade: na Ucrânia, por exemplo, nos tempos do grande Stalin e da grande fome. Não me aprofundarei na questão, de acordo.

Mas sim, eu gostaria que vocês registrassem essa ideia: avançamos, as sensibilidades se afiam, o humanismo se espalha. A partir de certo momento, a lei deixa de abrir exceções para infanticídio, inclusive quando se trata de um filho ilegítimo. Matá-los é ruim e requer punição penal.

Isso não quer dizer que os casos cessem. Simplesmente significa que, sob ameaça de terríveis castigos, passam a ser realizados clandestinamente.

E assim, passo a passo, vamos nos aproximando do caso que nos ocupamos. De ser uma prática sistemática, o infanticídio passa a ser, sobretudo, a ação extrema das mães desesperadas. Desde a Idade Média até o século XIX, a razão mais vezes esgrimida para acabar com um recém-nascido foi a da honra. Em *Fausto* de Goethe, Gretchen, personagem arquetípico da literatura desde o século XVIII, dá-nos um bom exemplo. Fausto consegue os favores sexuais de Gretchen graças a um pacto com o diabo. Como consequência disso, ela dá à luz um bebê e, querendo esconder a desonra, afoga o recém-nascido sem pensar duas vezes. A mulher é condenada à morte por seu crime. Fausto não pode

---

6 Expressão em inglês que em português pode significar "algo bom para ambas as partes". [N.T.]

permitir – afinal, está apaixonado – e pede ajuda ao diabo mais uma vez, mas, nesta ocasião, para facilitar a liberdade prisional de sua amante seduzida. No entanto, é tarde demais para a moça: incapaz de assumir o que fez, perdeu a cabeça. Não tem vontade de fugir e, consumida pela culpa, morre nos braços de Fausto. Outra alma penada. Outro castigo eterno.

Na literatura catalã encontramos outro exemplo da mesma história. Victor Catalá (de nome real, Caterina Albert) escreveu o monólogo *La infanticida*, obra com a qual ganhou o primeiro prêmio nos Jogos de Primavera de Olot em 1898. Acontece o seguinte: sedução, sexo, gravidez, desaparecimento fulminante do homem, aparição devastadora do bebê, desespero, engrenagem, triturar de ossos pequeninos, envolvimento das autoridades, manicômio para toda vida, fim.

Se saímos da literatura e saltamos para a crua realidade, podemos dar uma olhadinha no que acontecia na Londres vitoriana, se é que ainda disponho de sua atenção, damas e cavalheiros. Nessa próspera metrópole, inferno para o proletariado, as criadas sabiam que podiam perder seu emprego se resistissem à "sedução" de seus senhores. Por desgraça, se a consequência desse jogo de sedução fosse uma gravidez, também eram despedidas imediatamente. (Isso não é totalmente verdade: Karl Marx, sem ir mais longe, convenceu sua criada a doar sua criaturinha para adoção, sempre houve homens bons.) Dediquemos dez segundos para pensar nessas criadas: postas a pontapé na rua, marginalizadas, sem nenhum recurso e portadoras da desonra cada vez mais visíveis, tudo isso devido a uma "sedução" que não puderam recusar. Com esse panorama, não é difícil imaginar o destino dos recém-nascidos.

A própria rainha Vitória teve que intervir para que todas essas mulheres caídas em desgraça não recebessem a pena de morte no caso de infanticídio. E assim começa de novo a história do infanticídio como exceção legal. Porque um infanticídio não pode ser o mesmo que um homicídio; não se cometido por uma mãe, em qualquer caso. Essa concepção ainda tem reflexo em códigos penais atuais. No caso da Espanha, o infanticídio foi considerado um delito diferente do homicídio de 1822 até 1995. "A mãe que, para ocultar sua desonra, mate o filho recém-nascido será castigada com a pena de prisão menor; na mesma pena incorrerão os avós maternos que, para ocultar a desonra da mãe, cometam esse delito", dizia-se, literalmente, na lei. Em projetos de modificação mais modernos previa-se uma substituição do motivo da desonra por outro elemento, o das "tensões emocionais produzidas pela circunstância do parto e o estado pós-natal". O castigo: de seis meses a seis anos. Com o novo Código Penal de 1995, a figura do infanticídio desaparece por completo. Na Espanha, hoje em dia, uma mãe que mata seu bebê pode perfeitamente ser condenada por assassinato.

Não é assim em outros países, por exemplo no Canadá. No exemplar país norte-americano, uma mulher que mata seu filho de menos de um ano por causa de um estado de alteração próprio da gravidez, do parto ou da amamentação, incorrerá em infanticídio. E esse é um delito que fica isento de castigo. É necessário apenas uma prova do transtorno mental, qualquer coisa que certifique que a gravidez, o parto ou a amamentação deixaram-na complemente louca. E que prova será usada? A de que matou seu filho. O que mais esperava? Com essa tautologia perfeita é possível livrar a mãe infanticida da prisão no Canadá. Atualmente é uma lei em discussão, mas própria de tempos vitorianos, afirmam seus críticos. Mas segue em vigor. Não é um exagero que a levem em consideração.

Comecemos a nos concentrar, damas e cavalheiros. Vocês têm pela frente uma grande tarefa. Por isso, convém que tenham tudo muito claro. Sempre mataram crianças. Agora também. Só que agora nos escandalizamos mais. O pedófilo, o sequestrador do parque, o predador assassino de crianças é por excelência o monstro do nosso imaginário. E, no entanto, o massacre dos inocentes continua. No verão de 2014 o exército israelita assassinou quatrocentas crianças na Faixa de Gaza, nessa triste terra de quarenta quilômetros de extensão. Só na Cidade do México, assassina-se uma criança menor de cinco anos dia sim, dia não. Em cada ataque que se produz na Síria, calcula-se que as mortes infantis cheguem a vinte e sete por cento do total de vítimas. Sempre são mencionados o número de mortes de crianças para ilustrar o horror da guerra. Mas isso não cessa a matança; nem a guerra. A imagem de uma criança de três anos afogada em uma praia trouxe às primeiras páginas dos jornais o drama dos refugiados. Mas isso não fez com que as muralhas da Europa se abrissem, à exceção, talvez, de uma pequena brecha que foi acordada em seguida.

Está bem, de acordo, não vieram aqui para pensar em guerras e bombardeios. Tampouco é necessário. Fora do contexto bélico, em nosso Ocidente civilizado e pacífico, o perigo para os pequenos reside em casa. A violência doméstica acaba com três mil e quinhentas crianças por ano na Europa. Ainda que Eurípedes tenha nos contado a história de uma mulher que assassina seus filhos para ferir o homem que a abandonou, podemos dizer sem temor de nos equivocarmos que hoje em dia Medeia é majoritariamente homem. Nesta última década, na Espanha, uma grande cinquentena de homens em processo de divórcio tem acabado com seus filhos com a esperança de afundar para sempre suas ex-mulheres. Não em vão, as interpretações modernas de Medeia nos contam sobre um conflito entre a face masculina e a feminina: sua faceta masculina convida à ação, terrível, mas heroica, o sacrifício dos filhos por uma causa maior. A maternal e cuidadora faceta feminina resiste e impele a deixar seus filhos vivos. Eurípedes relata finalmente como é a face masculina que vence.

Na ópera *Norma*, de Vincenzo Bellini, a grande sacerdotisa se afasta depois de se aproximar dos filhos com uma faca na mão. Traída pelo seu amante e pai das crianças, não via outra saída. Finalmente, o lado feminino se impõe e deixa os pequenos viverem.

E vocês poderão me dizer, com toda razão do mundo, que também há mães estritamente femininas que matam seus filhos. Efetivamente, se não, o que fariam vocês aqui, neste banco, nesta solene sala, com essa responsabilidade sobre os ombros?

Não é um tema do qual se fale abertamente, mas a verdade é que às mães pré-natais sempre deixam escapar o seguinte conselho: "Se tem pensamentos suicidas ou o impulso de fazer dano ao bebê, peça ajuda". É a parteira quem se responsabiliza por vigiar um pouco a mãe que acaba de dar à luz. O folheto que recebem todas as mulheres nesse momento também o menciona. Após a semana do parto, a parteira, na consulta habitual, perguntará: "Como está o humor?"; "Algum pensamento obscuro?". E observará o recém-nascido discretamente em busca de algum sinal de alarme. Algum motivo tem para isso.

Estimados membros do júri, honoráveis damas e cavalheiros: eugenia, vingança, malthusianismo exacerbado, sedução, desonra, pobreza, miséria, mães solteiras, filhos bastardos e pecados hereditários, tensões emocionais próprias do pós-parto, suicídio ampliado, depressão pós-parto, loucura provocada pela amamentação, loucura desatada, mães apáticas.

Já sei.

Não podemos entendê-lo.
Não podem entendê-lo, não é?
Quebram todos os esquemas, essas mães.
Esta mãe, especificamente.
Não é uma pequena tarefa a que lhes foi encomendada.

Eu estarei aqui, escondida entre o público. Não queria estar na pele de vocês. Meu lugar é este.

2.
Jade/Alice

> "Diz-se casualmente que as mulheres 'têm doenças no ventre', e é verdade que guardam dentro de si um elemento hostil: é a espécie, que as rói."
>
> **Simone de Beauvoir em *O segundo sexo***

Ninguém negaria a beleza de Alice. É como um anzol: ela lança e você fisga. Tem essa aura que se estende por onde passa. As proporções idôneas entre o pescoço e a testa. A angulação perfeita da espinha dorsal e dos ombros. Movimenta-se com suavidade pelo espaço. Assim, tudo lhe acontece mais facilmente em qualquer lugar (no berço, na cama, no escritório, na fila do supermercado), com exceção, talvez, do banco dos acusados.

No entanto, até chegar aqui, tudo são vantagens. Não em vão, os ursos pandas devem sua sobrevivência por serem tão fofos. Alimentam-se exclusivamente de bambu. Com uma expectativa de vida de doze anos, não começam a reproduzir-se até os sete, e a fêmea só é fértil durante cinco dias ao ano. Se, por casualidade, dá à luz gêmeos, a mãe centra-se unicamente em um deles, condenando o outro a morte. Segundo Darwin, já faz tempo que poderiam estar extintos. Mas como nos lembram os ursinhos de pelúcia da infância, cuidamos deles e os protegemos com carinho. Essa é a única razão para que sigam entre nós.

Alice, você também é um panda? Claro que sim, um panda piegas e tíbio. Que pariu dois bebês e teve que matar os dois. Que panda bonito. À primeira vista, na verdade.

Depois começam os ressentimentos, esse olhar para trás da cortina do Mágico de Oz. Porque a beleza, a não ser que se demonstre o contrário, com o tempo torna-se suspeita. O mito da mulher fatal incluiu perigo mortal à beleza feminina. *La belle dame sans merci*, como diriam os românticos. Alice tem o cabelo castanho, meio juba brilhante, ondulada. Com o vestido adequado poderia ficar ideal em um retrato pré-rafaelismo. Rosto pálido, lábios vermelhos, gesto impenetrável.

Bela e sem piedade, isso sem dúvidas.

Também pintou os olhos ligeiramente. O vestuário é sombrio, como geralmente acontece nesses casos: saia-lápis preta, blusa branca com um grande laço no pescoço, sem saltos. Tudo milimetricamente pensado, planejado e combinado com sua advogada. Fizeram testes; cabelo preso a deixaria com o semblante muito sério. As mãos sempre sobre a mesa, diante da folha em branco e da caneta. Nunca as toque. Não tem nada o que esconder. Carmela Basaguren, sua advogada, sussurra-lhe algo. Alice assente com a cabeça sem deixar de olhar adiante. Estou ansiosa.

Aqui estamos nós de novo, você e eu. Eu te vejo. Será que você me vê? Será que se lembra de mim?

Espero que não. Alice, Jade, por onde você andou desde a última vez que te vi na residência estudantil de um pequeno *campus* do leste da Inglaterra? Como chegou até aqui, sentada em um júri de Vitoria, e eu aqui, na sexta fileira, sedenta por você? E o que o futuro te prepara, se é que ainda tem algum futuro? Você pensa nisso ou se deu por vencida: já não há hoje nem amanhã, já não há bússola, calendário, relógio?

Chega o juiz com sua toga. À sua direita, os membros do júri. Mais que sérios, parecem tristes; eles decidirão o que farão com você. À esquerda do juiz, formando um U perfeito, os fiscais, os advogados, você.

O que fazer com você, Alice, o que fazer com você, Jade?

A humanidade tem sido imaginativa com seus réus, as respostas à pergunta anterior foram das mais variadas. Trabalhos forçados em uma pedreira, embarcação, trincheira, via-crúcis, monte Calvário, passeios da vergonha, deslumbramento por cavalos, touro de bronze, cabeça em lanças, amputação de peitos, lapidação pública, Sibéria, Guiana, Austrália, a cicuta de Sócrates, o fogo, a espada, a forca, o precipício, o porrete, a guilhotina, a cadeira elétrica, a injeção fatal.

Não, Jade; calma, Alice. Nada disso está reservado para você, tenho certeza.

O sistema penal avança. Aqui, agora, já não se castiga o corpo: castiga-se a alma; já não se julga o delito; julga-se o fantasma.

E, no entanto, Alice tem um corpo, um corpo que poderia ter pela frente quarenta anos de prisão. Quarenta anos de revistas, banhos, cheiros, recontagem, horas de pátio, onze passos de ida, onze passos de volta, tudo calculado, previsto, as cartas, as bandejas de alumínio, luzes que se acendem e se apagam quando as tocam, muros, barreiras, limites. O corpo está aí. A alma, não sabemos. O fantasma.

Esse fantasma da Alice que resiste a ser capturado, que pula de um para outro membro do júri, que sem que ninguém se dê conta se infiltra entre os papéis do juiz e agora desliza pela toga do fiscal. O corpo espera, concreto e sólido neste exato ponto do espaço sideral. Diante de todos nós. Esse corpo que não é qualquer corpo. Argila branca, endurecida em um bom forno. O quanto pode influenciar um corpo assim neste processo? Já a vejo de perfil; o júri a tem diante dos olhos, cada hora, cada dia. Os olhos de gato. A dança dos cílios. O pescoço. Os ombros. As proporções. Um panda. Não se esconde.

Cheguei a ver Ritxi, ainda que eu quase já tivesse me esquecido dele, engolida pelo buraco negro que é Alice, sentada na primeira fileira com outros dois homens e uma mulher da mesma idade. Nas fotos que tinha visto dele, eu nunca tinha percebido sua calvície no topo da cabeça. Ou talvez tudo seja produto deste último ano dramático. Mal se move, é uma estátua, quando se voltou ligeiramente para falar com seus acompanhantes, pude confirmar que era ele, o empresário do vinho, o fã de Zeppelin, o pai sem filhos.

Reina o silêncio, primeiros momentos de tensão; é o primeiro dia de aula, a partir de agora pode ser que os ânimos e os hábitos relaxem. Por ora, eu também tento ficar imóvel, não fazer barulho, não olhar tão diretamente para Alice. O que aconteceria se olhasse para a sexta fileira e a minha cara lhe parecesse familiar? Poderia espremer sua memória até ir para outra época e outro lugar, muito distante daqui? O que aconteceria então? Que sou um fantasma do seu passado, posto aqui pela Procuradoria-Geral para relembrar um tempo em que se chamava Jade, e quebrá-la de vez? Mas não olha e, se alguma vez o fizesse, não me veria, não me dedicaria nem meio segundo de sua atenção; tem coisas mais importantes às quais se dedicar.

Tudo é asséptico e segue um procedimento claro. O juiz – um homem de uns cinquenta anos perfeitamente ordinário – dá instruções sobre todo o julgamento. Parece entediado. O cinismo de quem já viu tudo. Talvez seja apenas uma estratégia para demonstrar neutralidade, refinada em anos de experiência cênica. Quatro homens e cinco mulheres entre vinte e cinco e sessenta anos formam o júri. Alguns fazem anotações, só para fazer algo. Estão assustados, mas um pouco emocionados também. Terão algo para contar em suas casas, e a isso sempre se agradece.

Por ora ninguém mencionou as crianças. São *os fatos* que se mentem uma e outra vez.

Então o juiz chama Alice Espanet para declarar. Não esperava que fosse tão rápido. Igual à notícia do começo do julgamento, este capítulo também me pega desprevenida. Percebe-se a primeira turbulência séria entre o público que assiste quando Alice diz seu nome diante do microfone.

A voz, a pronúncia, a retórica, a linguagem corporal, o traje, a distribuição inteligente dos golpes de efeito, o equilíbrio entre a emoção e a razão, o uso dosificado das metáforas, conclusões redondinhas, fechadas, definitivas. Tudo isso importa nesta peça de teatro, como em todas as obras de teatro. Qual foi minha opinião inicial? Que foi tudo ensaiado. Fala castelhano perfeitamente, ainda que com um sotaque muito marcado. Faz pausas para encontrar a palavra exata. Não perdeu a calma, nem sequer diante da promotora, que parece um papagaio: um nariz grande no lugar do bico e cabelo tingido de acaju, como uma plumagem exagerada; sua voz é certamente desagradável, sempre forçada, uns tons acima do que lhe seria natural. Do seu lado, Alice modula a voz e a leva onde quer, dona absoluta das suas cordas vocais.

Seu pior pesadelo, diz Alice, mãe sem filhos, é quando lhe pedem que descreva *os fatos*. A ligação do fantasma. Uma ligação que escutou desde o princípio, mas para a qual não quis fazer caso. É por isso que não queria ficar sozinha com as crianças, porque sabia que algum dia já não poderia resistir, que teria um dia especialmente frágil e a corrente a levaria. E, no entanto, na época dos fatos, encontrava-se melhor, ou pelo menos era o que parecia.

Pintar ajudava. E, por fim, tinha começado a ficar sozinha com os bebês. Só algumas horas, as mais tranquilas. E foi aí que a sombra do fantasma a tomou. No momento em que menos esperava. Dos detalhes não se lembra. Tudo escureceu rapidamente. Quando uma corrente de ar desfez a nuvem negra, viu seus filhos sobre a cama, molhados, frios. Tentou dar-lhes o peito, aos dois, ainda que nunca tenha feito isso. Viu que era impossível. Não se lembra de mais nada até acordar no hospital.

E então, finalmente, o feitiço é quebrado para mim. Não há mais do que um homenzinho cinza atrás das cortinas, movimentando as alavancas para a desesperada. Para que essa série de mentiras de clichês baratos, Alice? Pesadelo? Fantasma? Nuvens? Amnésia? Jade, eu esperava mais de você. Esperava acreditar em você, inclusive compreender. Um relato detalhado e lógico.

Por que buscamos valor estético no assassinato, no assassino? Não é sempre o criminoso um ser miserável, mesquinho, digno de pena? Por que tantos livros, filmes, séries? Por que motivo esse esforço para sofisticar o que não passa disso – vulgaridade maldosa? Por que fazem engolir tantas ostras? Há aqui uma assassina, olhe, é amorfa, viscosa, dá pena e também asco.

Mas devo ser a única diante desse espelho quebrado. Dois membros do júri enxugaram as lágrimas disfarçadamente. A sala inteira ficou gelada. Quando terminaram as perguntas, o juiz solicitou que Alice voltasse para o seu lugar. Ela se levantou, abaixando a saia que tinha subido um pouco e voltou para perto de sua advogada. Com calma, olhando para o chão. Carmela Basaguren fez-lhe um gesto carinhoso e breve no ombro. O juiz nos deu quinze minutos de descanso.

Converteu-se em uma rotina para mim. Os procedimentos burocráticos, o jargão jurídico, as togas pretas... Tudo isso me ajudava a ver as coisas com distância, com o mesmo profissionalismo que observava nos estudantes de Direito sentados a minha volta. Era pontual, sentava-me sempre na fileira seis, tentava evitar os jornalistas – de vez em quando encontrava algumas caras conhecidas entre os fotógrafos – e fazia fila na máquina de café sem conversar com ninguém. Fazia muitas anotações; para o quarto dia de julgamento já tinha enchido quatro páginas do bloquinho preto que tinha comprado para a ocasião. Estava gastando uma pequena fortuna com gasolina, pedágios e zona azul. As sessões duravam geralmente até às duas ou duas e meia. Se acabava antes das duas, ainda havia tempo para beliscar alguma coisinha no bar mais próximo ao fórum, e depois dirigia de volta a Bilbao. Frequentemente encontrava ali Carmela Basaguren tomando vinho branco com toda a tranquilidade do mundo. Se a sessão durava um pouco mais, não me sobrava tempo para comer, assim fazia a viagem de volta com apenas um par de cafés de máquina no estômago, meio tonta.

Estava começando a compreender que os julgamentos não são mais que batalhas de narrativas. Fundamentalmente, enfrentam-se duas histórias antagônicas. Dois artefatos narrativos que, por serem diferentes, estão em realidades compostas pelos mesmos elementos – os mitemas –, ainda que combinados de maneira diferente. Não contrate um bom advogado, contrate um bom escritor. Não vence a verdade, vence a história mais coerente, possível e bonita. Em outras palavras, o relato com maiores ressonâncias míticas, aquele que encaixe melhor com a cosmovisão do júri. A acusação apresenta uma prova e faz sua interpretação. A defesa propõe uma maneira diferente e inovadora de olhar a mesma prova. O júri deve decidir com qual ficar. Em que história, em que corpo, em que fantasma acreditar.

●

Nunca lhe escrevi uma carta e alegro-me pela decisão. Podia seguir olhando de fora, sem que ela suspeitasse que eu andava por ali. O de *voyeur* era o papel mais adequado para mim, e estava empenhada em defendê-lo. Tinha descoberto bem rápido que não encontraria a resposta em Alice.

Passou por ali uma quantidade enorme de policiais. Diante do microfone, em vez de dizer seu nome, mencionavam apenas seu número de agente. Notava-se que estavam acostumados a dar depoimentos em julgamentos, não pareciam alterados pela dureza do caso. O pessoal da divisão de segurança cidadã foram os primeiros a depor, foram eles que responderam ao primeiro chamado de Mélanie. Todos corroboraram o estado de calma no qual se encontrava a acusada, a ausência de sinais vitais dos bebês, a ordem escrupulosa da casa, a histeria da babá.

– Quando chegaram à casa, diriam que a acusada mostrava alguma consciência sobre o que tinha acontecido? – perguntava a todos a promotora, sempre com essa voz desagradável.

Os policiais respondiam que sim, pelo menos era o que parecia, uma vez que a mulher não deixava de repetir "agora estão bem", como se houvesse completado uma missão.

– Com sua experiência – contra-atacava Carmela Basaguren –, é habitual essa calma em alguém que acaba de cometer um homicídio?

Não era habitual, não, disse o primeiro policial, ainda que cada caso seja um caso. Os suspeitos geralmente estão muito nervosos, a cena geralmente é um caos. Estava claro que, neste caso, a desproporção entre os fatos e a atitude da acusada era notável. Ainda que o estado de choque, tentou explicar outro dos policiais, pudesse provocar esse tipo de reação.

— Insinua que a senhora Espanet estava em estado de choque?
— Eu acho que sim.
— Além de policial, você é psiquiatra?
— Psiquiatra? Não, não, mas depois de tantos anos de...
— Com um sim ou um não já me dou por satisfeita, obrigada.

O agente 4182 ficou calado e Carmela Basaguren deu por encerrado o interrogatório, bastante satisfeita.

Mas, pouco depois, os dois psiquiatras que inicialmente atenderam Alice no hospital de Santiago confirmaram o estado de choque da paciente. Desorientação, amnésia, negação da realidade... Durante sua entrada, Alice havia mostrado todos os sintomas típicos.

O psiquiatra que a tinha atendido durante todo ano protagonizou um dos depoimentos mais extensos do júri. Tratava-se de um médico belga, de certa idade, cabelo grisalho e muitos títulos de honra em sua existência. Respeitável em todos os sentidos, o doutor Leclercq. Radicado em Barcelona há anos, as sessões com Alice tinham acontecido em francês. A pedido de Carmela Basaguren, deu a todos os presentes uma lição magistral sobre depressão e psicose pós-parto, campo no qual havia realizado algumas investigações pioneiras aos finais dos anos setenta em seu país natal.

●

O mais comum é isso que chamamos *baby blues*. Oitenta por cento das mães puérperas sofrem com isso, mas não se considera patológico. É provocado pelo desequilibro hormonal do pós-parto imediato; o cansaço e a falta de sono o agravam. Mas, no fim de umas semanas, desaparece por si só. Quais são os sintomas? É uma fase marcada pela tristeza, a mãe pode vir a chorar sem razão aparente ou sentir que a situação é mais do que pode aguentar: *não fui feita para este trabalho, é demais para mim...* A ansiedade e o sentimento de culpa também são muito característicos. Mas, como disse, a paciente geralmente recupera um equilíbrio aceitável em poucas semanas. Se depois de dois ou três meses a situação persiste ou piora, é preciso tomar providências. Um bom atendimento médico inclui uma avaliação dos antecedentes, um estudo da situação psicossocial da mãe, assim como um bom número de exames para descartar causas físicas. Agora já falamos de depressão pós-parto, e não é nenhuma piada. O tratamento normalmente inclui uma combinação de psicofármacos e psicoterapia, e não é uma doença que se supere facilmente. Pode levar anos até que a mulher se recupere. E pode ser ainda pior: o quadro pode originar uma psicose pós-parto. Essas situações, com frequência, incluem um risco real de que a mãe cause danos a si mesma ou machuque o bebê. É por isso que se requer internação imediata, com atenção vinte e quatro horas.

A defesa, então, perguntou por que Alice não havia consultado um médico, e a resposta do doutor foi categórica.

A situação era tristemente comum. Diversas investigações realizadas nos Estados Unidos e na Europa apontavam para um número muito baixo de mães que buscavam ajuda para sair de uma depressão pós-parto, por volta de quinze por cento.

— Esta doença, hoje em dia, segue sendo tabu — sentenciou o doutor Leclercq. — Não devemos esquecer a pressão social que é imposta às mães. É muito difícil para a maioria das mulheres reconhecer para si mesmas, para sua família e depois para a autoridade (já que, por fim, nós médicos somos isso) que a maternidade não as enche de felicidade, e não só isso, mas que se sentem *arruinadas* por causa dela.

— De todas as formas, o caminho que vai da depressão à psicose não é tão direto.

— Efetivamente — disse o doutor —, mas o caso da senhora Espanet é bastante claro.

— O senhor está convencido de que foi uma psicose o que sofreu a acusada?

— Exatamente, isso podemos considerar.

— Em que está embasado seu diagnóstico?

— Bom, digamos que as consequências não podem nos levar a pensar em outra coisa que não nisso... — titubeou o doutor belga, incômodo pela primeira vez desde que havia tomado a palavra.

— Poderia ser mais claro, por favor?

— Como toda psicose, esta também traz consigo uma perda de contato com a realidade. Uma mãe com depressão pós-parto pode chegar a pensar em machucar seu pequeno, mas serão pensamento egodistônicos.

— Egodistônicos? — perguntou Carmela com o que parecia genuína curiosidade, como se não conhecesse perfeitamente o termo.

— Ou seja, pode sentir esse impulso, mas é um impulso que choca frontalmente com sua forma de pensar, o que produz uma espécie de dissonância que a enche de culpa e vergonha. Mas se a paciente sofre uma psicose e pensa em ferir o bebê, o pensamento pode não a alterar, pelo contrário, ela pode sentir com clareza que isso é efetivamente o que tem que fazer. Nos referimos então a um pensamento egossintônico. Na fase aguda, não é raro, portanto, que concretize esse impulso.

— Entendo, mas o que o leva a pensar que Alice Espanet sofreria nesses momentos uma fase aguda em sua psicose pós-parto?

— O relato que dá a paciente é muito claro. Sentiu o impulso e, ao invés de opor-se, deixou-se levar.

A promotora, então, levantou-se, sinal de que ia levar aquele cara a cara a sério. Inclusive conseguiu baixar sua voz dois tons. Era seu momento e ela sabia. Com este testemunho podia dizer tudo.

— Os antecedentes ajudam a prever uma psicose pós-parto?

— É um fato que deve ser levado em conta, sem dúvida.

— Por exemplo?

— Sabemos, por exemplo, que as pacientes que sofrem transtorno bipolar são um grupo de alto risco.

— E o que diz o histórico psiquiátrico da senhora Espanet?

— Não tem nada disso.

— Não sofre de transtorno bipolar?

— Não, não existe histórico psiquiátrico.

— Portanto, a saúde mental da acusada era boa antes dos fatos.

— Eu não disse isso, nada disso. Mas digamos que isso nunca apareceu no sistema.

— Porque nada dava a entender que tivesse problemas.

— Não, não, não, são coisas diferentes. Uma coisa é que nunca tenha passado por uma consulta psiquiátrica e outra... Veja, a própria paciente apresenta sintomas claros de bulimia e depressão quando fala do seu passado.

— Ela apresenta. Nada o certifica. Não há um diagnóstico, digamos, oficial.

— Não, mas esses transtornos coincidem com minhas avaliações recentes.
— Vamos ver, doutor, para que fique claro. Para diagnosticar as psicoses pós-parto de Alice, o senhor se embasa em sua conduta e no relato da própria acusada. Não é isso?

A promotora desdobrou a última questão lentamente, saboreando o momento, pensando que a própria pergunta levava implicitamente à resposta. O psiquiatra belga, no entanto, respondeu tranquilamente, assim como o fez com o resto das perguntas.

— Efetivamente. O que mais pode existir? De que mais necessitaria a senhora?

Para grande decepção do promotor, a maioria dos membros do júri, talvez de maneira involuntária, assentiu com a cabeça indicando satisfação.

O doutor foi dispensado, mas a acusação não ia deixar de roer aquele osso tão saboroso. Na sequência entraram dois peritos, os psiquiatras que trataram de Alice a pedido do juiz de instrução pouco depois dos fatos. Vinham fazer a réplica ao belga, jogar a bola no telhado da frente. Porque eles não tinham detectado traços de psicose pós-parto na paciente, nem sequer reconheciam depressão. Explicaram convencidos que a psicose pós-parto acontecia nas semanas imediatamente posteriores ao parto, e não aos dez meses. Somente esse dado já levantava muitas suspeitas. Detalharam muito bem casos recentes de infanticídio nos quais, sim, estava comprovada a psicose, para que tivéssemos uma ideia. Em um povoado de Toledo, com um cortador de presunto, um bebê de cinco semanas. Em Girona, uma mãe que se joga da sacada com seu bebê de três meses no braço. Em Madrid, também em uma banheira, bebê de dez dias. Etc.

– Não entendo a pertinência desses relatos. Poderiam, por favor, limitar-se ao caso de minha cliente? – queixou-se, talvez com razão, Carmela Basaguren.

E assim o fizeram. Da maneira mais impessoal possível, o que os condenou a um ruidoso fracasso. Começaram mencionando, como se estivessem em um congresso acadêmico, o Inventário de Depressão de Beck e a Escala de Depressão Pós-parto de Edimburgo. Depois dessa enxurrada de informações, e em um movimento claramente desastrado, passaram a ler uma lista das características psicológicas de Alice diretamente de um papel: narcisismo, tendência dramática, propensão ao vitimismo, exigência contínua de atenção, uma imagem estimada de si mesma, baixa empatia, propensão a idealizar algumas pessoas e desprezar o resto.

Assim já tinham perdido a preferência do júri: um tentava lembrar em que fim de semana mudariam a hora, outra dizia-se preparada para, depois do julgamento, tornar-se vegana; um terceiro começava a apreciar o *sex appeal* oculto de Carmela Basaguren. Já não tinham a atenção de nenhum deles quando um dos peritos, pulando a orientação e com uma sinceridade que transcendia o profissionalismo, disse:

– Mais que de um transtorno, aqui falamos de sua forma de ser. É capaz de fazer o mal, como quase todos, mas, ao contrário da maioria, depois pode viver tranquilamente com isso.

●

Durante a noite liguei para minha mãe. Normalmente nos prendemos a uma coreografia absurda segundo a qual, se eu ligo para ela, prefiro que não me atenda e que a bola fique no seu telhado. Assim, quando ela se anima a retornar minha ligação, posso escolher se a atendo ou não, ou se atendo apenas para dizer-lhe com orgulho que estou muito ocupada e que não posso falar. Mas desta vez não é isso que quero, realmente tenho necessidade de ouvir sua voz.

Incomoda-me comprovar o quanto lhe custa normalmente perguntar por Erik, geralmente o faz por obrigação e sempre quando a conversa se dirige para o fim, e, então, pede-me que lhe envie fotos, mas eu sei que o pedido não tem verdadeiro interesse: é só uma convenção social que deve ter visto em algum lugar. No entanto, eu lhe envio um monte de fotos, bebê com poses e roupas diversas, bebê com suéter de listras que ela mesmo nos deu de presente; e sinto-me meio idiota pensando quantos segundos dedicará a cada foto, como deslizará o dedo com gesto entediado, mas quantas me mandou, isso não acaba.

Mas hoje não quero falar com ela sobre Erik. Considero qualquer outro tema. Seu último namorado, suas variadas teorias sobre sexo e dinheiro. Apenas quando fala de coisas que não são caras às mães, tem meu carisma e luz. Se a atraio até o terreno perigoso, então torna-se cinza, apaga-se. E nesses momentos me vem à mente as lembranças da infância e lhe dou sentido: o tédio de minha mãe enquanto me ajudava a guardar os brinquedos espalhados pela sala, sua cara de nojo quando tinha que limpar meu cocô, o gesto torto e cansado quando meu pai me levava de volta para casa nos domingos pela noite – que eu, com ternura, considerava *nossa* casa –, seu olhar vazio quando passeávamos pelos corredores do supermercado, eu sempre pedindo, "essas bolachas, mamãe", "macarrão colorido, mamãe", e ela muda, surda, cega, subindo a duras penas a ladeira do seu desespero, empurrando o carrinho comigo dentro.

Atende depois de dois toques.

Como estou, que ela está bem, saiu recentemente de um curso de Pranaiama[7]. Conto que estou escrevendo, um novo projeto que já está bem avançado, uma espécie de livro obscuro, um *thriller* judicial. Confia em mim sem mais perguntas, porque, na verdade, meu lado escritora não lhe interessa, lhe é alheio. Suspeito que tenha lido apenas por cima meu livro anterior, mal comentou algo a respeito. "E com Niclas, como vão as coisas?", pergunta-me. "Seguem conectados na cama?" Não sei o que fez com que minha mãe pensasse que alguma vez estivemos "conectados na cama". Parece-me um pouco pretencioso de sua parte dizer algo assim. "Mas, mãe, por favor, por acaso não se lembra o que é ter um bebê pequeno em casa?" Não, não se lembrava. Comento, como se fosse uma piada, que mais que a vida sexual o que temos agora é uma anedota sexual. "Logo virão tempos melhores", responde-me. "Por que vocês não vêm me visitar nas férias e deixam o bebê com seu pai? Podemos nos inscrever em um curso de crescimento erótico", diz.

Às vezes eu penso que ela está brincando; depois lembro-me que não, que é incapaz disso. Tudo o que diz é sério. Quando eu já tinha dezoito anos minha mãe disse que iria embora. Você está brincando? Não estava. Deixava-me o apartamento até que eu me formasse, até que eu conseguisse um trabalho. Ela iria para Lanzarote; era verdade, ia-se, viveria em um centro de retiro para meditação, trabalharia ali e se desenvolveria como pessoa. Eu já era maior, dezoito anos recém-cumpridos, não precisava de uma mãe. Meu pai não iria tão longe, além disso, em caso de emergência ele estaria ali; mas, no fim, o que poderia acontecer, dezoito anos, maior de idade...

---

7 Curso de yoga. [N.T]

Não acho que a perdoei, mas também é verdade que, se ela voltasse agora, não saberia o que fazer com ela.

Pergunto-lhe pelas datas exatas do seminário de crescimento erótico. Despedimo-nos cordialmente. "Envie-me alguma foto do menino." "Pode deixar, mãe."

●

Logo ficaria claro que as evidências forenses careciam de interesse, não contribuíam muito para a história: esclareciam o delito, em toda sua simplicidade, mas não o fantasma, em toda sua crueza. As câmeras de segurança da casa cancelavam toda possibilidade de mistério: ninguém mais havia entrado ali quando os fatos foram cometidos. A autópsia confirmou que as crianças tinham sido afogadas na banheira, as amostras de água coincidiam. Para a polícia científica tudo foi moleza. Ainda assim, não convinha descuidar-se, tinha muito em jogo. Eu, de acordo com as crenças populares de que o diabo está nos detalhes, tratava de absorver todas as explicações, por mais repetitivas ou supérfluas que parecessem.

Os policiais da seção de Novas Tecnologias nos mostraram fotos recuperadas do celular e do computador de Alice. Algumas delas já haviam sido vazadas pela imprensa, e não tiveram significativa passagem pela sala. Eram dois bebês vestidos em estilo clássico, bem gordinhos, não especialmente bonitos, bem cuidados em todo o caso, talvez queridos. Tinham encontrado milhares de fotografias. Caseiras, feitas com o celular, mas também de estúdio, de mãos profissionais. O menino aparecia sempre sorridente, mais séria a menina.

Tivemos que ver a banheira, não tinha remédio: um recipiente de plástico verde, com o desenho de uma foca bigoduda em um dos lados. A auxiliar colocou a arma do crime na mesa metálica com rodinhas e levou-a pela sala, primeiro para apresentá-la à polícia científica, depois aos membros do júri. Provavelmente foi o momento mais tragicômico do julgamento: a foca, as luvas de plástico da auxiliar, o interesse de alguns membros do júri, que esticavam o pescoço, e a sombra desses dois bebês exterminados.

O testemunho dos legistas, dos homens de preto, foi mais doloroso. Trouxeram fotos. Estenderam-se demasiadamente. E no fim, não fizeram mais do que confirmar o que todo mundo já sabia. Tamanho foi o desapontamento que mal anotei aquilo e agora não tenho muito mais o que comentar a respeito.

Chamavam-se Alex e Angela, nomes apropriados para o mundo globalizado, pois sem dúvidas lhes esperavam colônias de verão na Alemanha, internatos na Suíça, e, depois, alguma universidade com prestígio suficiente no Reino Unido ou nos Estados Unidos. Alex e Angela. Foi a promotora a primeira a anunciar seus nomes e assim dei-me conta de que nunca tinha tido essa informação, e que nem sequer me havia dado conta de sua ausência. Eram os filhos, os bebês, os gêmeos, os corpos, as cinzas. Tinha sido melhor assim. Com nomes tudo era mais difícil.

Alex e Angela. O primeiro nome basco, o segundo, francês. Nascidos em um ano, mortos no outro. Alex e Angela, nomes pronunciados pela promotora, e em poucas ocasiões. No fim das contas, eram apenas crianças.

Costumava passar as tardes no parque. Ainda que estivesse rodeada de mães dispostas a iniciar qualquer conversa, eu não queria falar com ninguém. Se chovia, tinha descoberto uma cafeteria que ficava em uma esquina com um tapete e uns brinquedos para que os pequenos não incomodassem enquanto os adultos tomavam café. Mas tanto no parque quanto na cafeteria *baby friendly* meu ânimo estava em outro lugar: nos tribunais, no chalé de Armentia, no bistrô de Bordeaux onde tudo começou.

Durante as noites, quando Erik dormia, eu utilizava Niclas de caderno, de *frontón*[8], de alma cândida. Tentava escrever nele, empurrar contra ele, corromper pelo menos um pouco seu espírito benévolo, inocente.

– O que você acha?

– Que está doente? Se não acha isso, o que acha?

E seguia perguntando, escrevendo, colocando-o contra parede, corrompendo-o.

– Não podemos falar de outra coisa?

E a verdade é que não podíamos, e não era só culpa do julgamento. Fazia tempo que nossos temas para uma conversa tinham acabado, muito mais do que o projeto de criação que tínhamos nas mãos. Uma vez transmitidas as informações pertinentes – hoje fez caca na banheira – ficávamos com as mãos vazias, e eu sempre acabava falando do julgamento. Os casais realmente conseguem sobreviver depois de criar seus filhos? Como conseguem?

– Chamavam-se Alex e Angela, você sabia?

– Como saberia algo assim?

A disputa não durava muito. Retirava-me e ia para o computador deixando Niclas vidrado na última série da moda. Abria

---

8 Jogo basco. [N.T]

o arquivo do livro e comprovava que o texto não se produzia sozinho, que seguia tal e como eu havia deixado. Depois, passava as anotações do dia a limpo.

Ansiava pelo final daquele processo, acreditava que já tinha o suficiente. O teatrinho do júri não estava sendo tão iluminador como eu esperava. Muito pelo contrário, deixava-o ainda mais obscuro e inalcançável.

Uns dias depois, como em um passo de mágica, Erik dormiu pela primeira vez dez horas seguidas. Depois de dois dias o milagre voltou a acontecer e, pouco depois, outra vez, deixando-me vislumbrar uma tendência. Foi um acontecimento que me fez lembrar da primeira nevoada do inverno: um fenômeno silencioso, discreto e elegante. Quando abria os olhos pelas manhãs, depois de uma noite ininterrupta de sono, minha sensação era de surpresa, e parecia-me tão bonita a cena que me cercava que eu acreditava estar em outro lugar, um similar ao meu ambiente doméstico, mas melhor. Assim sendo, eu só lhe dava de mamar uma vez por dia, durante a noite, para ajudá-lo a dormir. As coisas mudavam, ainda que eu não as pudesse ver.

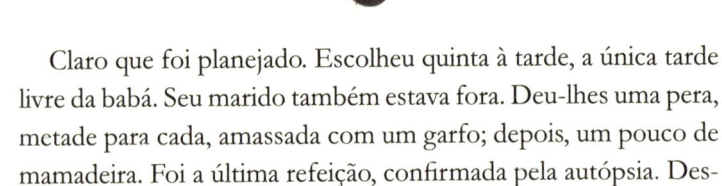

●

Claro que foi planejado. Escolheu quinta à tarde, a única tarde livre da babá. Seu marido também estava fora. Deu-lhes uma pera, metade para cada, amassada com um garfo; depois, um pouco de mamadeira. Foi a última refeição, confirmada pela autópsia. Despiu-os. Deixou um deles no chão (o menino?) enquanto afogava a primeira. Um minuto foi suficiente. Deixou o bebê morto (a menina?) na cama e pegou no colo o segundo. Neste ponto, já era uma *expert* em afogar crianças.

Na verdade, nunca saberemos quem ela matou primeiro. Alice sempre declarou não se lembrar. Os legistas podem esclarecer apenas que ambos morreram em torno da mesma hora. Mas o que importa se eram os pensamentos egossintônicos ou egodistônicos os que a dominavam? Quem pode trazer à conversa os inventários de Beck e de Edimburgo? São apenas palavras. Manchas sobre o papel branco.

●

Nem sempre via porcarias. Algumas vezes ocorria um milagre na programação, um filme que parava o mundo ainda que meu pai seguisse roncando do meu lado. Vinha-me à cabeça Marcello Mastroianni, com uma mangueira nas mãos, falando com Jack Lemmon no ocaso da vida de ambos. "A morte em si não existe", disse Marcello. Por acaso apaga o que um homem fez na vida? Apaga seus méritos, seu legado? Não. Assim... Morte, o que é? Não é nada. Você gostaria de ser tão importante como a vida? Mas a vida dura uma vida, minha amiga. E você, morte, só dura um instante, o instante em que chega.

Que revelação, que ânsia para agarrar uma Pilot verde e transcrever essa verdade que me estava sendo transmitida através de uma tela no meu caderninho de pensamentos profundos e adolescentes.

E agora estou aqui, em um tribunal. Outro bloquinho de anotações ocupa minhas mãos e me dou conta de que o que dizia caro Marcello nesse belíssimo filme de Ettore Scola não é sempre verdade. Quando morre uma criança pequena, assassinada, inclusive, por um familiar, é a morte a que fica pendurada para sempre; a morte é o único legado, e não a vida. Será a morte o que se recordará, se é que se recorde de algo, e não a vida. Porque à vida não lhe deram nenhuma oportunidade. A morte foi a única a brilhar.

●

Outro filme italiano, visto na universidade em um curso optativo de História do Cinema: *Roma, Cidade Aberta (Roma città aperta)*. Obra-mestra de Roberto Rossellini que inaugurou o movimento neorrealista, se não me lembro mal. Na sequência final, os nazis irão fuzilar Don Pietro, o padre. Ajudou os partisanos[9], é um herói, como o resto dos partisanos, todos heróis, suportou torturas sem delatar os companheiros. Outro padre aproximava-se para confortar Don Pietro nos seus últimos momentos. Mas ele enfrenta seu final com calma e dignidade atordoantes. Não é difícil morrer bem, disse no que seria o último diálogo do filme, o difícil é viver uma boa vida. Fuzilaram-no sentado em uma cadeira. O oficial das SS aproximava-se para dar-lhe o tiro de misericórdia. Fim. Uma boa vida, entregue a uma boa causa. Quando a morte tem sentido.

Do lado contrário, e sem sair do cinema italiano, *Novecento*, o extenso filme de Bertolucci. Attila Mellanchini, fascista histriónico protagonizado por Donald Sutherland, encontra-se com sua amante para uma tarde de amor e diversão. Então, irrompe no cômodo o pequeno Patrizio, fã de Attila. A princípio, o casal introduz a criança em seus jogos sexuais, mas em seguida se cansam dele. Attila pega o menino pelas pernas, entre gargalhadas,

---

9 Membro de uma tropa irregular formada para se opor à ocupação e ao controle estrangeiro de uma determinada área. [N.T]

e começa a girá-lo repetidas vezes; sua cabeça se choca com as paredes, com os móveis, aos poucos quase não lhe sobra cabeça. Uma vida curta. Uma morte atroz. Sem sentido algum.

●

Chamavam-se Alex e Angela. Angela e Alex. Se lhes houvessem dado um pouco de tempo poderiam ter sido algo na vida: acrobatas, dentistas, apaixonados por sapatos de salto, filiados ao Partido Socialista, autores de documentários sociais, gestores de museus ou midiatecas, profissionais preguiçosos, oboístas, artistas sem fundamento, sérios instrutores de esqui, deputado do parlamento europeu, negacionistas das mudanças climáticas, ovelhas negras de uma família branca. Com um pouco de tempo, teriam adotado os costumes mais variados: viver com a ajuda da cocaína, enganar a Receita, ler o horóscopo assim que levantassem, falar com desconhecidos nos barzinhos, professar alguma religião exótica, fazer massa caseira com uma máquina comprada pela internet, dançar pelados na frente do espelho, odiar a mãe e venerar o pai. Amantes desajeitados, apaixonados por pornô, pessoas solitárias, festeiras, depressivas, otimistas, trabalhadoras, altruístas, limpas, obsessivas ou muito despreocupadas. Dessas pessoas que sempre vão a todas as partes com a língua para fora, das que fazem verdadeiros esforços para se levantar da cama, das que nunca querem ir dormir, libertinos, suicidas, jogadores, queridos, parasitas de seus familiares, pais de família numerosa, avós satisfeitos de uma manada de netos barulhentos.

Na verdade, não há maneira de saber.

3.
Juxta crucem lacrimosa

"Qual a ferida de uma mulher parida?
Maçã assada e vinho tinto."
Anônimo, *Cantar fúnebre Milia de Lastur* (século XV)

Uma noite, Alice sonhou que se abria a cicatriz da cesárea. A primeira coisa que sentiu é que algo a arranhava por dentro, uma leve cosquinha que foi se tornando uma comichão insistente. Depois, com uma grande dor, pôde ver com seus próprios olhos como a ferida abria-se: a carne viscosa recentemente fechada rasgava-se de novo, o sangue fluía. Alice tentou fechar a ferida com suas próprias mãos, em vão. A carne tinha vontade própria, aquilo era um vulcão, um pedaço de coro alterado e sobrenatural, um desastre natural. O pior veio depois, quando a hemorragia começou a atenuar-se. Daquela polpa quente começou a sair a pata de uma aranha, uma pata apalpava o terreno buscando luz, e logo outra, e mais outra. Patas grande e peludas, uma confusão de patas trêmulas, tantas que teve que deixar de olhar, afogada em seus próprios gritos.

Não foi um sonho.

Quer dizer, quiseram acreditar que foi um sonho, mas Alice estava acordada, recém-saída do banho, a ponto de colocar a camisola e aplicar óleo de rosa mosqueta na cicatriz. Quando Ritxi entrou no banheiro, encontrou-a com as mãos no colo gritando desesperada.

Ritxi deu-lhe um leve calmante e acompanhou-a à cama. Assim contou ele no julgamento. Convenceu-se de que tinha sido um sonho, assim contou também para sua mulher. A babá também ouviu gritos, também pensou que não seria nada, também deixou passar, como quase tudo.

●

Lembro-me de outro sonho. E outra vez Alice aparece nele. A história é bem simples. A mulher ri próxima a minha cara, muito próxima. Eu lhe dou um tapa no nariz, mas ele se retrai com grande facilidade, como se fosse um potinho de iogurte vazio. Dou-me por vencida, não há maneira de causar-lhe dano.

●

À defesa lhe pareceu apropriado explicar os detalhes do parto de Alice. Para isso compareceram para dar seu depoimento como testemunha a psicóloga, as parteiras que a atenderam e uma psiquiatra perinatal na qualidade de especialista. Ela foi a encarregada de explicar-nos certos subterfúgios da neurobiologia e da neuroendocrinologia, e os avanços produzidos na teoria do apego. Outra aula magistral.

Alice pariu por cesárea programada na semana trinta e sete, porque um dos fetos, a menina, estava de pé em vez de estar com a cabeça na posição de saída. Além disso, estava com pouco líquido amniótico. Na hora combinada, Alice apareceu na clínica, tirou a roupa, anestesiaram-na, retiraram-lhe os dois bebês da barriga e, depois, levaram-lhe os recém-nascidos. Alice teve que permanecer na sala de reanimação; sentiu-se mal, sua pressão desabou. Começou a tremer, por culpa da anestesia não podia mover as mãos: "Não posso", murmurava, chorava – "Não posso". Sentiu, então, uma sede como nunca havia sentido, mas não estava autorizada a beber água até que passasse o efeito da anestesia. Ritxi passava em sua língua e boca um cotonete com suco de limão que mal fazia efeito. Não sabia nada das crianças, não tinha chegado a vê-las, nem sabia se estavam bem, mas não tinha forças para perguntar por elas, sua voz não saía por mais que tentasse. Ainda que tivesse passado mais de uma hora, seguia tremendo com as mãos imobilizadas ainda sobre o peito.

O menino tinha ido para incubadora; nascera abaixo do peso, com hipoglicemia, baixa contagem de plaquetas, dificuldade respiratória. A menina estava bem, mas também passou o dia na unidade neonatal, por precaução.

Segundo a psiquiatra, essas primeiras horas tão hostis não deviam ser subestimadas. Por um lado, uma cesárea programada pulava um processo neurobiológico fundamental, e perdia-se para sempre a segregação massiva de ocitocina, hormônio curador, mágico. Por outro lado, em um parto dessas características evitava-se a vivacidade e o vínculo de apego. Isso podia ter efeitos a longo prazo: estranhamento do bebê por parte da mãe, sequelas para toda vida dele. Relembrando as primeiras horas que passei separada de Erik com um nó na garganta, decidi qualificar as palavras da psiquiatra de alarmistas. Nunca senti tal estranhamento, o apego foi imediato, assim que o retiraram do neonatal. Além disso, tinha o exemplo da minha mãe: juntas desde o início e, no entanto, estranhas desde sempre.

De todo modo, a psiquiatria falava com entusiasmo; era científica, mas também sabia fazer divulgação, e tudo o que dizia estava baseado em estudos recentes. O júri adorou.

A separação tinha dificultado, ainda, a amamentação até o ponto de torná-la impossível. Sem o estímulo dos bebês, Alice nunca chegou a produzir leite. Todas as manhãs passava pelo seu quarto uma parteira e, às vezes com uma máquina do diabo e outras manualmente, apertava seus peitos com obstinado profissionalismo até fazê-la bradar de dor. No terceiro dia, quando segundo a parteira o fluxo de leite já era eminente, Alice disse que não podia mais e pediu à parteira que não voltasse. Não podia suportar mais aqueles beliscões cruéis, nem a cara de decepção da parteira, tudo para conseguir quatro gotas amarelentas. Com leite em pó os bebês se alimentariam a mil maravilhas. Sabia que existia um remédio para esses casos: onde estava?

●

Assim se faz uma cesárea.

Anestesia-se a mulher, normalmente do peito para baixo, mantendo-a acordada durante toda a operação. Com frequência colocam-na com os braços em forma de cruz e prendem seus pulsos. Colocam um conta-gotas. Controlam os batimentos vitais. Introduzem-lhe uma sonda pela uretra para manter a bexiga sempre vazia, e outra no nariz com oxigênio complementar.

Raspa-se a penugem do abdômen e da região alta do púbis. Desinfeta-se a pele. Logo, a médica pede o bisturi. Faz-se a primeira incisão: a laparotomia, um corte transversal de uns quinze centímetros, na região mais baixa do ventre. (O corte transversal é uma inovação na história da cesárea e aponta para uma vantagem indiscutível: o biquíni oculta a cicatriz que deixa.) Depois desse primeiro corte, retira-se a gordura e separa-se horizontalmente o tecido firme que segura os músculos do abdômen, chamado aponeurose, habitualmente com tesouras. Depois, separam-se os músculos abdominais com as mãos e rasga-se o peritônio, o fino saco que reveste os órgãos internos da região.

Depois dessa escavação aparece o cofre do tesouro, o útero, e faz-se a segunda incisão com o bisturi: a histerotomia. Já não resta nada senão romper a bolsa amniótica e, depois de drenar o líquido, se é que ainda está aí, pode-se retirar o bebê. Corta-se, então, o cordão umbilical e retira-se a placenta com as mãos.

Agora falta apenas costurar tudo que foi cortado, refazendo o caminho no sentido inverso. Primeiro o útero. No peritônio não se toca, ele irá se regenerar sozinho. A aponeurose também se satura. Recoloca-se a gordura. Finalmente, costura-se a pele, geralmente com grampos.

A intervenção completa dura por volta de uma hora. A saturação do útero é absorvida pelo corpo em quarenta dias. As dores na região podem durar meses. Há outras complicações que podem persistir durante toda a vida: lesões nos órgãos adjacentes, órgãos que ficam colocados entre si, dificuldades ou impossibilidades de uma nova gravidez.

Não é verdade que Júlio César nasceu de cesárea. Sua mãe, Aurélia, viveu até os sessenta e seis anos, quando seu filho mais famoso já contabilizava quarenta e seis; e, até o século XX, todas as mulheres que faziam uma cesárea (com duas ou três exceções documentadas) morriam por causa da intervenção. Se não era pela hemorragia, era alguns dias depois, por causa de uma infecção.

Na saída da clínica, ocorreu algo. Voltavam para casa de carro com Angela, tiveram que deixar Alex internado. Alice sentou-se atrás com a pequena. Tratava-se de um trajeto curto, apenas quinze minutos. Ritxi estava nervoso, mas animado; fazia planos, projetava as horas que estavam por vir. Alice, ao contrário, estava abatida, duas olheiras negras ressaltavam seu rosto cinza e apagado. Será que foi por ter tido que deixar o menino lá, pensava o homem. Mas com certeza logo estariam todos juntos e, ademais, voltariam a ver-se nesta mesma tarde. À verborreia de Ritxi, Alice respondia com obstinado silêncio. Por fim, Ritxi decidiu calar-se e ligou o rádio: música clássica, o *Requiem* de Fauré. Ele também estava esgotado e teve que aceitar que toda aquela euforia era mais forçada que qualquer coisa. Então parou o carro em um semáforo e, sem aviso prévio, Alice soltou o cinto que prendia a menina, soltou seu próprio cinto e saiu do carro com o bebê nos braços. Ritxi ficou paralisado sem entender nada, esperando, talvez, uma pista. O semáforo ficou verde. Acostumado como estava a respeitar as regras, sua situação era certamente desconcertante. Ele acabou saindo do carro também, e viu sua mulher abrigada em uma entrada cantando *nana neném* para sua bebê.

– O que está fazendo, Alice?

– Não podemos seguir neste carro – respondeu com toda tranquilidade do mundo. – Os gases vão matá-la.

– Que gases, Alice? Do que você está falando?

– Os gases da gasolina.

Levou quase cinco minutos para convencer a mulher: não havia nenhum gás dentro do carro, a menina estava bem. Alice não parecia nervosa, apenas obstinada, convencida. Finalmente, Ritxi teve que prometer que deixariam as janelas abertas até chegar em casa, e ainda teve que lidar com dois guardas municipais que se aproximaram para comprovar qual era a origem do caos circulatório que estava acontecendo ali. Ele disse que já estava tudo solucionado, que havia sido um mal-entendido. Com uma recém-nascida na história, os guardas decidiram deixá-los partir e, por fim, se foram.

No breve trajeto de volta para casa não trocaram palavras. A menina chorava, e Alice tratava de consolá-la colocando-lhe a chupeta na boca, mas a pequena cuspia. Uma vez em casa, foram tantos os afazeres e estiveram tão ocupados com o bebê que nunca mais falaram do incidente.

Mas por acaso não achou suspeito? Não viu motivos para pedir ajuda?

Ritxi, na frente do microfone, massageava o espaço livre entre as sobrancelhas antes de responder, respirava fazendo barulho, titubeava.

Claro que sim. Por isso contrataram Mélanie, para aliviar a carga de trabalho. Por isso vinha um professor de reiki em casa, para aliviar a tristeza crônica da mulher. Por isso as aulas de pilates duas vezes por semana. E a sensação era de melhora. A situação parecia sob controle.

Que não tinha sido suficiente? Olhando para o passado, estava claro que não. Mas, o que podia fazer Ritxi agora? O quê?

(Por certo, o incidente no trânsito relatado por Ritxi não consta nos arquivos da polícia militar, como ficou demonstrado no julgamento.)

●

Dentre todas as testemunhas, a única a declarar atrás de um biombo foi Mélanie, a *au pair*. Recusou a ajuda de uma intérprete, mas não foi capaz de olhar cara a cara para Alice. Foi um ponto a favor da promotoria, sem dúvida, pois aquele acessório encenava o perigo que supunha a acusada, sua maldade, a necessidade de proteger-se de tudo isso.

Por outro lado, as explicações de Mélanie davam a entender que Alice não estava bem da cabeça, de modo que a questão seguia sendo elucidar até onde chegava sua loucura, e até onde essa loucura podia explicar ou, inclusive, fazer-se perdoar os fatos.

Quanto tempo tinha trabalhado Mélanie na casa de Alice e Ritxi? "Desde que os bebês tinham um mês até que... bom, até que tudo acabou". Mélanie gostava de trabalhar ali? "Não muito". E por quê? A jovem não hesitou em responder: "Por culpa da mãe". Nunca era possível prever como se comportaria. Às vezes ela permanecia no andar de cima o dia todo, supervisionando cada movimento, aconselhando como pegar os bebês, como trocar suas fraldas, passar o creme. Outras vezes despedia-se batendo os pés e resmungando, e fechava-se no seu estúdio para pintar e deixava Mélanie sozinha ocupando-se de tudo. Ela preferia este segundo modo da patroa, claro, apesar da carga de trabalho. Nos dias que ficava em cima, seu ânimo era volúvel: podia estar resmungona, criticando cada passo que Mélanie desse, ou deprimida, desanimada, porque as crianças não ganhavam peso suficiente ou porque os via muito gordos, porque não dormiam ou porque dormiam muito, não estariam doentes?

Alguma outra estranheza fora isso?

Sim. Às vezes a mãe entrava como um raio no ambiente em que se encontrava Mélanie e anunciava com angústia que tinha perdido as crianças. A princípio, a babá ficava tão alterada quanto a mãe, deixava o que estivesse fazendo e corria para o quarto dos gêmeos, onde os havia deixado dormindo há dez minutos, para comprovar aliviada que os dois seguiam ali desfrutando da soneca. O episódio tinha se repetido três ou quatro vezes até que Mélanie começou a ignorar a mãe ou a acalmá-la com palavras entediantes. "Não estão perdidos, Alice, estão no seu quarto, vá e veja-os, mas não os acorde, por favor."

Se tivesse dado mais importância a tudo aquilo...

Se ao menos tivesse falado com o pai...

Mas é que o pai, ele, o pai, quase nunca estava em casa e, quando por fim chegava, comportava-se como se Mélanie fosse invisível.

Se naquela tarde não tivesse saído com o menino que tinha acabado de conhecer...

Mas é que era sua única tarde livre. E o primeiro menino que a convidava para sair desde que estava na cidade.

— Na sua opinião, você acha que Alice amava as crianças? — perguntou Carmela Basaguren com tanta candura que me soou falsa.

— Preocupava-se muito com eles. Se isso é amor...

Mélanie acabou seu depoimento entre lágrimas, e outra vez os membros do júri mais dados às lágrimas tiveram que enxugar os olhos discretamente.

— Não vai se livrar, você já sabe, né?

Alguém me falava pelo lado esquerdo; alguém que, assim como eu, estava debruçado no balcão tomando um café com omelete.

— Perdão?

— Que por mais que a advogada esteja trabalhando, a francesa vai acabar atrás das grades.

— Ah.

— Perdão, é que como te vejo todos os dias na sala, pensei que você também teria me visto, mas agora vejo que não.

Fiquei muda, porque na verdade eu tinha me dado conta daquele homem, um jornalista que se sentava sempre na primeira fileira, tão moreno que parecia hindu, tão esbelto como um bailarino de balé, tão bonito que, se alguma vez me dirigisse a palavra, não poderia respondê-lo senão gaguejando. Que era exatamente o que estava acontecendo.

— Você não é jornalista, né?

— Não, não... Estou aqui para uma pesquisa.

— Ah, da universidade.

Não tentei corrigi-lo, mas também não senti que eu estivesse mentindo para ele.

— Quando não há dúvidas sobre o caso, quando o acusado é pego *in fraganti*, aos advogados só lhes resta uma carta na manga. A da loucura. E sempre encontrarão algum psiquiatra disposto a contar essa história. Egossintônico, ego-não-sei-o-quê, a farsa... caralho, como se fôssemos patinhos. Devem estar muito desesperados para levar à rua todo esse jargão inflamado. Sou Jakes, a propósito.

E mencionou o jornal para o qual trabalhava. *"Então, você não é hindu?"*, tive o impulso de perguntar-lhe. Por sorte, até os cavalos se freiam a tempo.

— De qualquer forma, este caso é muito especial. Uma mãe, seus próprios filhos... — Queria seguir falando e estava disposta a dizer qualquer coisa.

— Pois é, acontece mais do que pensamos. Na verdade, todos temos maior chance de morrer na mão de um familiar que de um estranho.

— Também digo pelo perfil da acusada — adicionei, ainda que meu corpo só me pedisse para estar de acordo em tudo com aquele homem.

— Ah, sim... Estrangeira, rica, apoiada pelo marido... Não é uma mãe plebeia desamparada, precisamente.

— E bonita como só ela.

— Isso também. Mas com este júri popular fica claro.

— O quê?

— Há uma maioria de mulheres, você sabe. E se a isso se soma a crueldade habitual deste tipo de júri... Você sabia que a taxa de condenação é muito superior quando o júri é popular? Dê um pouco de poder ao cidadão comum e verá como não tem piedade.

Oh, Jakes, por que você não se aproximou de mim desde o primeiro dia? Por que fala comigo apenas agora, na última sessão do julgamento, quando estava colocando o casaco e as botas para sair da festa? Tinha tantas coisas interessantes para compartilhar comigo. Mas, agora que você está no meu radar, não deixarei que se afaste tão facilmente.

— E você, pessoalmente, o que acha? Por que ela fez o que fez? — perguntei.

— Porque deu-se conta de que não queria filhos; não os queria, incomodavam-na. Quis livrar-se desse peso pensando que tinha direito a isso. E, acima de tudo... porque é uma desamada incapaz de amar, claro.

— Tão simples assim?

— E por que não? Às vezes não tem mais nada.

Um pai janta em família. Lasanha e iogurte. Depois, todos assistem televisão juntos. Um concurso louco e divertido. Como todas as noites, o pai beija suas filhas, de seis e oito anos, cada uma já deitada no seu beliche. Depois beija a sua esposa no pescoço enquanto ela passa seus cremes antirrugas no rosto, e comentam as incumbências que lhes esperam no dia seguinte. Depois, tranca-se no escritório, pega uma pistola que guarda trancada em uma gaveta, enfia na boca e dispara. *Pum.* Sem carta de despedida. A pistola é a mensagem.

Às vezes acontece. É a história real do pai de uma amiga do colégio. Simplesmente assim. Há quem se aproxime do abismo da alma com tanta frequência que no fim é dominado por um desses impulsos: jogar-se ou empurrar quem está ao lado. Impulso de morte. A maior dose de poder que alguém pode provar. O poder de acabar com tudo. Algo que se pode fazer de forma tão simples, tão rápida, tão fácil e tão eficaz que, uma vez executado, é a incredulidade o sentimento que se impõe, por cima da culpa ou do arrependimento.

Queria ter contado tudo isso a Jakes, mas não era capaz de articular grandes discursos quando ele estava na minha frente.

– Sim, pode ser que você tenha razão – respondi. – Às vezes somos assim, mas, mas...

– Mas, mas, mas. É melhor deixar essas voltas retóricas para a defesa. Voltamos para dentro? Acabou o recreio – disse com um sorriso de orelha a orelha que me deixou deslumbrada.

– Venha, vamos.

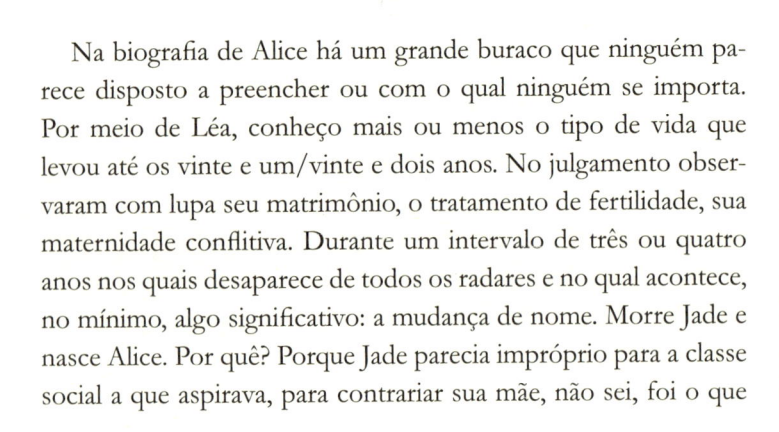

●

Na biografia de Alice há um grande buraco que ninguém parece disposto a preencher ou com o qual ninguém se importa. Por meio de Léa, conheço mais ou menos o tipo de vida que levou até os vinte e um/vinte e dois anos. No julgamento observaram com lupa seu matrimônio, o tratamento de fertilidade, sua maternidade conflitiva. Durante um intervalo de três ou quatro anos nos quais desaparece de todos os radares e no qual acontece, no mínimo, algo significativo: a mudança de nome. Morre Jade e nasce Alice. Por quê? Porque Jade parecia impróprio para a classe social a que aspirava, para contrariar sua mãe, não sei, foi o que me disse Léa quando perguntei a respeito em uma conversa por Telegram. Ela não dava muita importância a isso. O sobrenome da mãe, Espanet, sim, ela tinha mantido. Isso também não dizia nada para minha amiga.

●

Dois meses depois de conhecerem-se em Bordeaux, Alice já havia se mudado para Vitoria-Gasteiz. As visitas de fim de semana tinham se transformado em visitas de semana inteira e, aos poucos, quase de maneira imperceptível, a mulher já tinha transportado todas as suas coisas para a cobertura que Ritxi tinha no centro da cidade. Seus pertences eram uma maleta repleta de maquiagem e outra cheia de roupas. Ritxi apresentou a moça aos seus amigos em um jantar que organizou para a sociedade. Os amigos não têm grandes lembranças desse evento. Uma mulher jovem, bonita e discreta. Mais ou menos o que se esperava. Quando poucos meses depois receberam o convite para o casamento, também não se surpreenderam. Fizeram o que sempre faziam nesses casos: organizaram uma despedida de solteiro para Ritxi. Um fim de semana em Ibiza, aluguel de um veleiro, uma caixa de Veuve Clicquot e uma variedade de outras drogas que é melhor não mencionar em um tribunal. Além disso, convenceram suas namoradas e esposas a fazerem também uma despedida de solteira para Alice. De má vontade e por obrigação, a ala feminina do grupo de amigos foi buscar a misteriosa francesa (sim, misteriosa, assim era, isso admitiam) e levaram-na para tomar um *brunch* no único hotel da cidade que para aquilo servia. Depois passaram a tarde em um *spa*, recebendo massagens Yong Bao.

Alice não tinha grandes amigas naquele grupo, mas a tratavam bem: assim assegurou a mulher que se fazia de porta-voz de todas as outras mulheres no julgamento. Era Alice que se empenhava em manter a distância, a que se negava a participar das conversas, a que respondia a todo mundo com respostas irônicas. Nunca dizia nada de forma clara, mas sempre gostava de dar a entender que havia sofrido muito na vida e que por isso desprezava todas elas, filhinhas de papai, malcriadas, mulheres saudáveis e endogâmicas cujas vidas haviam passado nas nuvens.

Elas não podiam entender – a testemunha falava sempre no plural, enfatizando sempre a natureza tribal daquelas relações – o quanto Alice era ingrata. Saída sabe-se lá de onde, aceita com honores naquela cúpula dourada só porque em um dia qualquer foi notada por um homem que gostou tanto do que viu que quis ficar com ela. Utilizou outras palavras, mas foi mais ou menos isso que disse. E agora, conhecendo todas as senhas que lhe davam acesso ao mundo privilegiado, Alice queria apenas torcer o nariz e soltar comentários depreciativos cada vez que alguém lhe parabenizava pelo êxito de seu blog de moda ou por qualquer outra coisa; entre lágrimas, relatava-lhes o dramático conflito que arrastava com o designer de interiores responsável pela reforma da sala e da cozinha.

A verdade é que mal a viam, em alguns compromissos sociais e algo mais. Uma das últimas vezes tinha sido no chá de bebê dos gêmeos, que logo nasceriam. Era algo que sempre celebravam quando alguma delas estava grávida, e nesta ocasião não tinham como se livrar. Aconteceu no chalé de Armentia, em um dia chuvoso, e chamou a atenção de todas o fato de Alice tomar vinho (duas taças pelo menos, e nem sequer foi da adega de seu marido!) e falar sem parar dos perigos mortais da gravidez e do parto. Tinha aprendido de memória as estatísticas pessimistas, segundo as quais, na Comunidade Autônoma Basca, de cada quatro mil nascimentos, 4,7 bebês morriam no parto ou imediatamente depois. Parecia convencida de que seus gêmeos não superariam a dura prova e, por isso, imaginaram, deixou de lado os presentes assim que os abriu (câmera de vigilância, mochila ergonômica, lâmpadas que projetavam luzes de fantasia), sem expressar emoção alguma, com indiferença.

Não, não gostavam de Alice, mas, no fundo, agradeciam a ocasião para o mexerico e as razões de sobra para falar mal de alguém. Não podiam negar que lhes havia rendido muitas horas de entretenimento e maledicência. Alice tinha se transformado na protagonista involuntária de muitas ligações telefônicas realizadas entre murmurinhos, risadas e fofocas. Essa última parte não foi dita, mas eu anotei no meu bloquinho, porque assim entendi.

– Que má impressão causou essa patricinha aí – disse-me Jakes no final da sessão, quando eu já tinha as chaves do carro na mão e muita pressa.

– O que você acha? – Enfiei novamente as chaves no bolso, inconscientemente. – As coisas que disse de Alice também não a colocam em um bom lugar.

– Mas de que lado você está? Dessa Barbie de plástico que gasta o dinheiro de seu marido em bolsas de três mil euros e em massagens com nomes exóticos, ou dessa Alice profunda, misteriosa e trágica?

– A verdade é que ela não escolheu a melhor vestimenta para apresentar-se a um juiz. Esses saltos...

– Botinhas Chanel.

– Isso.

(Mas, esse homem sabia de tudo?)

– Olha, estou morrendo de fome, vamos comer algo? Você ainda não me contou sobre o que trata exatamente sua pesquisa.

Lançou a proposta assim, como quem não quer nada, e o coração quase me saiu pela boca. No entanto, reagi rápido fazendo uso do meu mais escasso instinto: a prudência.

– Hoje não posso, tenho que voltar para Bilbao.

Não especifiquei o que me esperava lá, nem com quem passaria a tarde.

– Uma pena.
– Amanhã?
– Amanhã é o dia da última sessão.
– Por isso, para celebrar.
– Fechado.

Deu-me a mão para fechar o trato, não sei se deu conta de que eu estava tremendo.

●

Na autópsia comecei a falar comigo mesma em voz alta, coisa que só faço quando estou muito bêbada ou muito nervosa.

"Mas, mas, mas o quê? Caramba, é um encontro ou não?"

"Mas, como vai ser um encontro? É um almoço de trabalho, para comentar o caso. Ele não sabe nada de mim, nem você dele. E se é casado? E daí?"

"Você também é casada, meu amor."

"Isso, os dois são casados, aqui não há nada romântico, vamos, é outra coisa. Além disso, você não achou suspeito aquilo de botinhas da Chanel?"

"O que você está dizendo? Que é gay? Mas, em que século você está? Isso é um preconceito antiquado, menina."

Até chegar ao pedágio não consegui fechar a boca, ainda que por dentro continuava fervendo. Fazia muito tempo que não me sentia assim, talvez desde os quinze anos. Devia conduzir a situação com cuidado, pois a probabilidade de terminar fazendo papel de tonta era grande. Mas o fato de um homem assim, superatrativo, notar-me, deixava-me muito feliz. Desde quando fiquei grávida, era como se houvesse sido enfiada em uma cova fria e úmida onde era impossível chegar raios de sol. E dois anos depois, vi a mim mesma saindo da cova, alongando-me, esquentando os músculos e a pele, pronta para toda uma gama renovada de prazeres eróticos.

Tinha muito trabalho pela frente.

4.
Os sonhos das mães

"Por que ninguém inventou o equivalente à Ikea[10] para cuidar das crianças, o equivalente ao Macintosh para fazer as tarefas domésticas?"
Virginie Despentes

Nos contos infantis, a má sempre é a madrasta, nunca a mãe. É a madrasta que escraviza a Cinderela. A madrasta, de novo, que quer ver o coração da Branca de Neve enfiado em uma caixa. Nessas histórias, a mãe nunca aparece: morreu há muito tempo, foi esquecida. A única missão dessas jovens, sua única saída, é livrar-se das madrastas.

De onde vem essa obsessão por madrastas? O psicanalista nos conta que a figura da madrasta representa, na verdade, a dissociação da mente infantil. A mãe e a madrasta, na verdade, são uma só. Uma é a cara obscura da outra. Quando a mãe se comporta de maneira cruel e malvada, transforma-se na madrasta e já não é a mãe. Até que não volte ao caminho da bondade e da ternura, não lhe será devolvida essa honra.

Não é apenas uma necessidade psicológica das crianças.

---

10 Loja global de móveis a baixo custo. [N. T.]

A tradição judaico-cristã levou essa dissociação a extremos absurdos, até o ponto de inventar a figura da mãe virgem. Se bem que, na verdade, a virgem mãe de Deus não é uma invenção claramente judaico-cristã; trata-se de outro mitema, um elemento repetitivo e intercambiável que aparece de maneira independente em culturas isoladas entre si. Atena, uma das deusas mais importantes da mitologia grega, deusa da sabedoria e da guerra, era virgem. Hefesto desejou-a tanto que acabou ejaculando sobre suas roupas; Atena, nauseada, jogou os restos do sêmen no chão e disso nasceu, de repente, Erictônio, a quem Atena transformou em seu filho, permanecendo virgem. Maya, mãe de Buda, também concebe seu filho castamente, em um sonho, em uma iluminação: Buda entra pelo lado direito de seu corpo, em um trono de lótus sustentado por um elefante branco. Coatlicue, deusa asteca, estava varrendo tranquilamente um templo quando uma bola de belas plumagens caiu do céu. Foi tocar na bola e ficou grávida. Pouco depois nasceria Huitzilopochtli, deus asteca, concebido também sem pecado. Mitra, deus persa, nasceu das entranhas de Anaíta, ainda que de maneira muito especial, ou não, pois ela era virgem.

A que se deve essa obsessão recorrente por gravidezes virginais? De onde sai esta dissociação histérica, antibiológica, antiempírica e misógina, afinal? Se alguém é mãe, o sexo não pode interferir em sua vida. Se uma mulher cai nas garras do sexo, já não é mãe, é puta. Se é puta, não dá a vida, muito pelo contrário, provavelmente é perigosa, capaz de tirar a vida se alguém cai em sua armadilha mortal. A que não é uma assassina, a que não é puta... essa é a mãe: a que dá a vida.

Ou dito de uma maneira mais simples.

Todas putas, menos minha mãe.
Já ouvimos essa história.

●

Carmela Basaguren tinha um talento especial para contar histórias novas, refrescantes. Nisso superava a promotoria com tranquilidade. A acusação tinha começado a disputa pensando que aquilo seria moleza, mas, sem saber muito bem como, encontrava-se atolada na lama em contradições bíblicas de uma mãe assassina, tudo isso temperado com jargão psiquiátrico que envenenava mais as coisas. Vi a promotora secar o suor da testa mais de uma vez, sempre que a defesa atacava com tudo o que tinha: psicose, loucura, alucinações, que se não, é como não vê, como é possível explicar.

De todo modo, a sombra daqueles bebês devia pairar pela sala, os pulmões cheios de água, as caras coradas de azul. E essas mãos, as mãos da mãe. Essas mãos que, podendo parar, decidiram ir até o final. Ou por acaso só a promotora e eu tratávamos de continuar aguentando o fio que unia as crianças com este mundo?

●

A mãe malvada versus a boa escritora: outra dissociação. Um checklist incompleto.
- A boa escritora fecha-se no seu quarto e não abrirá a porta ainda que a criança a esmurre. Chore ou suplique, a boa escritora resistirá. Usará fones de ouvido. Colocará um trinco extra. Está escrevendo.

- A boa escritora contrata babás para que fiquem com a criança enquanto ela escreve.
- A boa escritora usa sua própria maternidade como matéria-prima de sua literatura, ainda que enquanto está escrevendo não possa ser mãe.
- A boa escritora lê livros sobre a teoria do apego, sobre a fisiologia do parto, sobre métodos de criação na Grécia Antiga. Não vê que a criança caiu do escorregador, porque estava com a cabeça enfiada em um livro.
- A boa escritora, quando pega seu filhotinho nos braços pela primeira vez, ainda na sala de parto, já está pensando em como descrever o momento de uma maneira original.
- A boa escritora é capaz de comentar *Madame Bovary* de uma perspectiva de gênero, explicando porque o desejo sexual da mulher e sua falta de instinto materno são, na verdade, duas caras da mesma moeda.
- A boa escritora em algumas ocasiões chega a ter inveja de Madame Bovary, que deixava sua filha recém-nascida com uma criada e só a visitava alguns domingos; poucos, na verdade.
- A boa escritora se pergunta se seus filhos a perdoarão algum dia por ser tão boa escritora.
- A boa escritora, na verdade, queria ser um homem.

O átomo, o grão de areia. Todo o universo encontra-se contidos neles. Nosso gesto mais insignificante pode profetizar o movimento definitivo. O gesto breve, mas eterno, capaz de converter a vida em morte. Visível apenas por quem possui uma percepção circular do tempo.

Alice nunca tinha enterrado de todo sua afeição por pintar. Sempre tinha as mãos sujas. Tinha seu próprio estúdio no chalé de Armentia. Ritxi, que sempre tinha gostado dessa faceta de sua mulher, a incentivava a continuar. Alice fechava-se diariamente no estúdio. Às vezes produzia algo. No ano dos fatos, tinha deixado de lado a aquarela para concentrar-se no óleo e experimentar a *college*. O corpo feminino seguia sendo sua inspiração recorrente. Corpos cada vez mais deformados, quebrados; quadros cada vez mais sangrentos: menstruação, parto, dor sempre visível, vermelho.

Ritxi lhe disse: "Por que não pinta a aranha?".

E assim fez Alice. Levou à tela sua cesárea, a cicatriz que se abria, as patas peludas e grandes da aranha. Os quadros eram cada vez maiores. Qualquer coisa lhe servia. Colava plásticos vermelhos, qualquer embrulho, utilizava arame, arame capaz de cortar carne. Raspou a pelagem de todos os ursos de pelúcia que encontrou pela casa para colá-la nos seus quadros. Esses animais peludos que se arrastavam entre regos de sangue tinham perdido já toda forma de aranha.

Ritxi estava verdadeiramente impressionado. Não entendia muito de arte, mas confiava que sua sensibilidade inata serviria para detectar quando estava diante de algo importante ou, ao menos, especial. Diante dos seus olhos tinha nove obras potentes, estava certo disso.

– Temos que organizar uma exposição.

– Não tenho tempo, as crianças... – respondeu rapidamente Alice, como se a resposta estivesse na ponta da língua há muito tempo.

– As crianças estão bem, temos Mélanie, e eu te ajudarei a organizar tudo.

Cedeu; Alice cedia facilmente desde o dia do parto.

A exposição seria celebrada na adega de Ritxi, na sala elegante e moderna onde os visitantes realizam as degustações. Organizariam, claro, uma festa de inauguração para a qual convidariam alguns amigos e conhecidos que Ritxi já tinha selecionado mentalmente. Tinha que produzir também um pequeno catálogo, a menina da comunicação se encarregaria disso. Os quadros, como é natural, estariam à venda. Custariam entre cento e oitenta e trezentos euros, dependendo do tamanho. E Ritxi ainda tinha mais planos. De repente, parece que tinha encontrado a solução para a tristeza crônica de sua esposa, e a cabeça não parava de pensar. Alice devia desenhar uma etiqueta para as garrafas de vinho. Podia utilizar os motivos habituais, ainda que fosse bom tirar um pouco da realidade, para deixar tudo mais comercial. Estava convencido de que as aranhas de Alice vestiriam perfeitamente um vinho de autor de maceração carbônica que há tempos ele estava idealizando. O vinho se chamaria Alice, por que não?

No dia da exposição, Ritxi e Alice se foram para Rioja antes do meio-dia e deixaram Mélanie com os gêmeos. Alice não ia quase nunca ao trabalho de seu marido. Estava nervosa e emocionada. Sua primeira exposição. Também era a primeira vez que se afastava tanto dos bebês. A cada meia hora ligava para Mélanie para assegurar-se de que tudo estava bem. Na verdade, Mélanie só atendia uma das duas ligações. Estava trocando as fraldas, dando fruta, mal tinha tempo para ir ao banheiro, muito menos para atender ligações, acabou dizendo a babá já irritada.

Quando chegaram à adega, já estava tudo praticamente pronto. Os empregados tinham se encarregado de pendurar os quadros, tinham escolhido o vinho que seria servido aos convidados e estavam gerindo o bufê. A menina da comunicação já estava com o catálogo pronto: um simples tríptico, impresso em A4 e dobrado um a um com suas próprias mãos; oitenta cópias dispostas em forma de leque na mesa central.

Alice não tinha alternativa senão esperar, mão sobre mão, pois já estava tudo pronto. Um tema urgente de trabalho pegou Ritxi (uma ligação telefônica que não se podia recusar), e depois outra (uma reunião rápida com a responsável do marketing), por mais que tivesse prometido que neste dia não trabalharia, que seria todo dela e da exposição.

– Por que não vai dar um passeio, amor? Aproveite agora que parou de chover.

Era um dia primaveril, frio e desagradável. As videiras pareciam tocos carbonizados. Alice ia pouco a Rioja e agora lembrava o porquê. Aquela paisagem a desagradava; inclusive, em pleno apogeu, no outono, a paleta de cores a saturava. Ela era mais de cores frias.

O próprio Ritxi tinha ficado responsável pela reforma da adega depois do falecimento de seu pai. Tinha construído um grande bloco de cristal no edifício centenário de pedra original, e agora acessava-se a adega por meio desse anexo. Alice quis dar uma volta ao redor do antigo edifício. Se se afastasse da calçada que o rodeava, ela ficaria cheia de barro e não tinha trazido sapatos extras. Ficou em dúvida sobre o traje que tinha escolhido. *All black*: preto dos pés à cabeça. Se ao menos tivesse trazido uma echarpe de uma cor mais chamativa. Acometeu-lhe, então, uma terrível dor de cabeça e teve que parar seu desinteressante passeio. Apoiou-se em uma parede, respirou algumas vezes e acendeu um cigarro do maço que sempre levava na bolsa ainda que mal fumasse. Sentiu um calafrio, e foi então que escutou as palavras que saíam de uma janela oscilo batente.

– Uma cópia barata de Louise Bourgeois, mas ainda por cima repetida nove vezes. Mas quem se importa? Ninguém, vai ver como em menos de meia hora são vendidas. Todos desejando ficar bem com Ritxi. E pense que tive que dedicar uma hora da minha vida para fazer *um catálogo de arte* para essa porcaria...

Era a menina da comunicação falando com alguém por telefone. Alice jogou o cigarro no chão e pisou com seus sapatos pretos.

Quando meia hora depois Ritxi saiu de sua reunião *express*, encontrou-se com sua mulher na sala de degustação. Ali já não restavam quadros. Ao menos, inteiros. Alice tinha tomado uma das garrafas reservadas para a recepção, deixou-a em pedaços batendo-a com raiva contra a mesa e, com o gargalo da garrafa ensanguentado, rasgou os quadros, em alguns casos com tanta raiva que chegou a quebrar também a moldura de madeira. O vinho, que tinha caído no chão e nas paredes, era o toque indispensável para dar à cena um toque visceral.

– Fim da exposição – disse, então, Alice. – Vamos para casa que quero ver as crianças.

Jogou o que restava da garrafa no chão e se preparou para sair dali. Ritxi pediu, com o nó na garganta, que o esperasse no carro. Tinha que falar com seus empregados antes de ir embora, de alguma maneira teria que explicar o acontecido.

Mas nem sequer depois daquele episódio Ritxi buscou ajuda. No julgamento tentou explicar o porquê. A menina da comunicação, sem que ninguém a pedisse, tinha feito fotos do massacre, e aquelas provas gráficas apresentadas ao júri revelaram uma cena pós-apocalíptica. Continha muita ira naquela atrocidade artística. Por que o homem não reagiu?

Ritxi, indiferente, expôs seu ponto de vista. Realmente era tão estranho o que aconteceu? Ele não via assim. E apresentou-nos suas razões. 1) A habitual, mas patológica insatisfação do artista (sabíamos que Kafka tinha entregado todos os seus escritos a um amigo e pedido para que ele os queimasse?); 2) a falta de segurança de quem tem que apresentar um trabalho tão íntimo em público (ele não era artista, mas podia imaginar); 3) certa dose de ciúme (aqui, inclusive, fez menção a alguns atributos físicos da menina da comunicação, de maneira sutil, mas clara); e, finalmente, 4) as consequências, ainda que estrondosas, não tinham sido graves, já que tudo tinha sido resolvido (por outros) com um pano e um esfregão num abrir e fechar de olhos.

Tratou-se de uma explicação planejada, exposta com grande segurança, e Ritxi chegou a colocar-se na defensiva quando a promotora quis sugerir certa relação entre essa exposição abortada e os fatos. Que perda de tempo seguir falando da maldita exposição, dizia Ritxi utilizando sua linguagem corporal.

E talvez estivesse certo.

Não sei.

Talvez não seja correto dizer que a essência de todo o universo está contida em um único átomo. O grão de areia pode não ser senão um grão de areia. E o gesto definitivo pode bem chegar sem aviso prévio. Na verdade, ninguém pode predizer qual grão de milho pulará primeiro quando colocamos um punhado deles no fogo.

Outro vazio. Provavelmente pela falta de uma acusação particular. Quase não sabemos nada sobre a vida de Alice pós-fatos. A única coisa que sabemos provém de fontes interessadas: seu marido e o psiquiatra belga que tem tratado dela neste último ano. Ambos falam de uma vida de isolamento recluso. Alice mal sai de casa. Toma um remédio muito forte. Não fica sozinha. Uma enfermeira a vigia sempre que Ritxi está trabalhando. Vai para Barcelona com frequência, para a consulta com o psiquiatra belga. Do carro para o avião, do avião para o táxi, do táxi para a consulta, e volta, tudo no mesmo dia. Ritxi está se doando completamente: todo seu tempo, todo seu dinheiro, todo seu amor. Este último pelo menos parece inesgotável. Perdeu os filhos para sempre, queria ao menos recuperar sua mulher, o amor da sua vida. "Está melhorando", afirma o psiquiatra. "Mas precisará de tempo. Mais terapia, mais comprimidos. E a possibilidade de ter uma recaída é alta. Não, de nenhuma maneira deve-se recomendar que volte a ter filhos."

Mas como ter certeza de que estão dizendo a verdade. O que Alice faz ou deixa de fazer dentro de casa é um mistério. Se sai, se encontra-se com alguém, se comemora algo no salão de sua casa... não se sabe. Em outros casos, com mais meios, um detetive particular poderia ter seguido a acusada durantes meses, estudando sua conduta, documentando-a, flagrando-a em mais de uma recaída.

Mas ninguém se incomodou com isso. Não há aqui uma acusação particular que pense nos interesses dos pequenos. Por fim, eram apenas crianças, e quase ninguém se lembra delas.

●

Já mencionei dois dos sentimentos que protagonizaram os primeiros meses de Erik: o cansaço e o tédio. Faltava-me mencionar um terceiro, tão importante quanto os outros dois: o medo. Por que não o trouxe à luz até agora? Porque tinha vergonha. Os outros dois sentimentos cooperam para a minha imagem de independente. Com o medo sou apenas uma mãe normal condenada a um sofrimento predestinado. E, no entanto, o medo estava aí.

Continuamente. Como um fio musical que ninguém sabe como se apaga. Como uma dupla de dança suada que se cola exageradamente. O medo.

Não é nada bom possuir uma imaginação viva. Talvez seja benéfico no âmbito das fantasias sexuais e noutro par de facetas da vida de menor importância. Mas na maioria das vezes trata-se de uma qualidade que só traz desgostos. Quem poderia embridar a imaginação diabólica de uma mãe de primeira viagem? Meu medo era muito concreto; seus galhos, ao contrário, eram deformados e de limites imprecisos. Basicamente girava em torno das muitas maneiras das quais Erik poderia morrer.

Por exemplo: poderia cair em um lago no passeio de carrinho, cruzando uma ponte, trombando com um corredor, um tropeço bobo seria suficiente. Seria capaz de jogar-me na água para salvá-lo? Não acredito nessa possibilidade, o peso do carrinho afundaria meu bebê sem remédio.

Outro medo: o mais ridículo e o que mais me envergonha, mas que, sim, parecia-me uma possibilidade real. Sem querer, acabaria enfiando Erik na máquina de lavar. Era possível, como não? Ele estaria dormindo sobre uma mantinha no chão, em qualquer lugar da sala, e eu, automaticamente, no momento em que me faltasse sono, começaria a recolher do chão as mantas e roupas sujas, toalhas com restos de vômito e nessa confusão recolheria também a manta na qual Erik dormia, com ele dentro – pesava tão pouco –, e o colocaria na máquina sem ouvir suas queixas. Apenas depois de apertar o botão de lavagem rápida é que me daria conta do meu erro fatal. Começariam, então, as voltas, aquela roda maléfica se encheria de água em questão de segundos. Não se poderia abrir a máquina enquanto estivesse cheia de água. Diante do vidro, como em um filme de terror, seria obrigada a ver a agonia e a morte do meu pequeno. Durante meses, cada vez que apertava o botão da lavadora, um pequeno calafrio de pânico percorria toda minha coluna vertebral. Entenderá meu estado de agitação quem conheça a enorme quantidade de vezes que é preciso ligar a máquina com um recém-nascido em casa.

Tem mais: janelas abertas, brinquedos com um tamanho perfeito para ficar travado na garganta, tomadas, garrafas de água sanitária, cabos do ferro, óleo fervendo com probabilidade de espirrar da frigideira e outros tantos perigos, sempre presentes, pairados e bem detalhados no folheto que te deram no hospital depois da primeira visita à pediatra. Não existia descanso.

O destino natural da criança parecia ser o de vítima de um acidente absurdo. Parecia-me claro que, se alguém quisesse acabar com a vida de uma criança e livrar-se de toda a culpa, um *laissez faire*[11] despreocupado era suficiente: uma bolinha de gude entre as peças de construção, uma cadeira perto da janela aberta, uma caixa de detergente embaixo da mesa da cozinha. Era apenas questão de tempo. Sentar-se e esperar. O crime perfeito.

A situação de Alice complicava-se pelo fato de ter dois. Dois acidentes desse tipo (simultâneos e consecutivos) contrariavam todas as leis razoáveis da probabilidade.

●

Na parte de trás do museu Guggenheim, em Bilbao, temos uma aranha de Louise Bourgeois. A escultura se chama *Maman*. Em mais de uma ocasião transitei através de suas longas pernas durante meus passeios próximos ao lago com Erik. Se você fica

---

11 Nesse sentido, "deixa estar". [N. T.]

um pouco parada embaixo do animal e olha para o alto, em um saco que esconde entre as patas se veem dois ovos. Efetivamente, trata-se de uma mãe. Como eu. Porque, para Bourgeois, a aranha representa a rede protetora de uma mãe. "As aranhas são presenças agradáveis, comem os mosquitos, são proativas e se fazem de grande ajuda. Assim era a minha mãe", declarou em mais de uma ocasião a artista parisiense.

As aranhas de Bourgeois não são criaturas repulsivas capazes de perfurar o útero e abrir caminho, camada a camada, até chegar ensanguentadas à superfície.

●

Última sessão do julgamento. Depois daquele dia, o júri iria se retirar para deliberar por um, dois dias – não era possível saber. Um último esforço. Sentar-se mais uma vez no banco de sempre, com a mesma atitude aplicada e inocente das estudantes de Direito, com esse objetivo pedagógico, limpo, compreensível e lícito.

Acabaria assim um árduo caminho de três semanas. Uma obra teatral que, ao contrário do que marca o cânone hollywoodiano, havia estado infestada de momentos tediosos, repetitivos, totalmente desprovidos de interesse. No entanto, ainda tinha esperança de que, se Alice chegasse a dar uma declaração final, alcançaríamos um afortunado clímax.

Mas também.

Mas sobretudo.

Aquele era o dia em que eu almoçaria com Jakes. Por isso tinha passado batom naquela manhã. Por isso tremia, e não pelas conclusões definitivas da acusação e da defesa. Lembrava-se do nosso encontro? Caso não, eu deveria lembrá-lo, com a ensaiada indiferença? Quê? Não está com fome? Você terá que me dar alguma ideia, não conheço a região. Não sei se seria capaz. Mas tinha que ser. Tinha dito para Niclas que aquela sessão, por ser a última, seria mais longa que o normal. Contente como estava pelo fim dessa merda de julgamento, não fez mais perguntas. Além disso, tive que pedir ao meu pai, contra minha vontade e inclinação, e de última hora, que buscasse Erik na creche. Era um dia ensolarado de outono, essas duas horas que eu atrasaria para chegar poderia aproveitá-las no parque e, com um pouco de sorte, Erik não precisaria que trocasse suas fraldas nesse intervalo de tempo. A rede de mentirinhas e logística implicava muitas pessoas para que agora o jornalista moreno ou o meu pudor me deixassem na mão. Ainda que se alguma coisa desse errado e o encontro não acontecesse, tinha certeza de que voltaria para Bilbao com certo alívio consciente de ter me livrado, no último momento, de uma teia de aranhas pegajosa que caía sobre mim. Sou tão covarde nessas situações.

Quais eram minhas verdadeiras intenções com relação a Jakes? A verdade é que não esperava mais do que um almoço agradável. Um flerte breve e suave. Uns sorrisos de paquera e um bônus para fantasias futuras. Nada mais. Tudo começaria com uma conversa frívola, ao escolher o vinho, não seria difícil fingir que sabia algo sobre o tema, em seguida mencionaria meus anos londrinos (a carta que sempre jogo sobre a mesa quando detecto que decai o interesse pela minha pessoa) e, uma vez finalizado o prato principal, atacaríamos, por fim, o tema que mais nos unia nesse momento: o julgamento e sua conclusão. Tinha, então, pensado desvendar, por fim, que era escritora ("Claro! Algo me dizia que seu rosto me era familiar! Adorei seu livro", exclamaria o atrativo jornalista nas minhas fantasias mais desenfreadas) e que escrevia sobre o crime de Alice e, assim sendo, deveria entender por que o tinha cometido, por que demônios tinha feito o que tinha feito.

Nesse momento, o fervor erótico era indistinguível do fervor intelectual.

Pressentia que, falando com Jakes, por fim poderia iluminar as ideias que ainda estavam na penumbra. Precisava de alguém tão *expert* no caso quanto eu, mas que não fosse eu. Assim, avançaria com o livro, e ele tomaria a forma que merecia. Neste momento, depositava toda minha esperança em Jakes. Não tinha um plano B. Aquele homem moreno que conheci há tão pouco tempo me daria todas as chaves necessárias. A ideia, naquele momento, parecia ter sentido e deixava-me de bom humor, quase eufórica. Nem sequer descartava de todo transformar Jakes em um personagem do livro e colocá-lo na parte final.

E isso era tudo. Nem mais nem menos. No máximo, dividiríamos as sobremesas: ele comeria do meu brownie, e eu provaria seu pudim. No máximo, ao chegar em casa esta noite, escreveria para Léa para contar-lhe o acontecido. "Sua vaca!", diria ela, "Você é uma vadia, e sabe disso, eu já abandonei essa fase, você sabe. *Danger! Danger!*".

Nem mais, nem menos.

●

Última sessão, então. Talvez Alice fosse transferida para a prisão diretamente depois do julgamento, talvez para toda vida. Estrada, pedágio, tribunal, bloquinho de anotações repleto de anotações pela última vez; e depois, por fim, escrever sem amarras. Escrever com liberdade. Recuperar a confiança, a fé cega. Tinha sacrificado muitas coisas pelo caminho e aquilo só podia significar que das minhas mãos devia sair uma obra-prima. Através da escrita, os fatos se revelariam com toda franqueza. Tudo seria permitido. O ritmo frenético das teclas despiria a verdade. E eu o entenderia. E todos entenderiam por que eu o entendia.

Com a ajuda de Jakes.

●

Contagens dos sacrifícios da mãe escritora, outro *checklist* inacabado.
- Relação de casal, com sua preciosa intimidade, sinceridade e confiança. SACRIFICADA.
- Horas de qualidade dedicadas ao bebê, fundamentais para o desenvolvimento emocional e cognitivo em seus primeiros anos de vida. SACRIFICADAS.
- Estabilidade econômica (estado da conta corrente, com o livro ainda por escrever: 2.897 euros). SACRIFICADA.
- Privilégio de sentir-me uma boa pessoa (e não um urubu sobrevoando os cadáveres dos bebês afogados). SACRIFICADO.

●

A promotora começava sua alegação final relembrando os nomes dos bebês.

— Chamavam-se Angela e Alex, caso alguém tivesse esquecido. Eram pessoas como todos nós. Tinham toda vida pela frente, precisavam apenas de cuidado e amor, eram únicos e maravilhosos, como todos nós. — Pausa enfática arruinada pela respiração pesada do juiz. — Mas o mundo, no fim, não é sempre como nos contam. As mães nem sempre são como nos contaram. Uma mãe pode ser cruel. Pensar o contrário é aceitar preconceitos inadequados sobre a feminilidade. A crueldade de uma mãe não tem por que estar sempre ligada à loucura. Senhoras e senhores, em nome do feminismo, e enquanto mulher, recuso categoricamente essa ideia.

A frase pareceu-me um pouco dramatizada, sobretudo porque foi combinada com punho fechado, mas não perdi ainda minha confiança.

– O mal existe. Preferimos explicações, que é o produto das desigualdades sociais ou dos desequilíbrios mentais. Isso nos tranquiliza. Temos responsabilidade social e comprimidos para isso. Mas, em algumas situações, o mal simplesmente está aí: é o lado obscuro do ser humano em sua forma mais pura e destilada. Existem as mães malvadas. Existem mães que consideram seus filhos sua criação. Nessa lógica perversa, perfilham o direito de destruir o que elas criaram. O mundo, no fim, permanecerá o mesmo. A harmonia do universo se manterá. Creem em si com esse poder divino. Este é o caso de Alice, sem dúvida.

Pela primeira vez, desde o começo do julgamento, a acusada começou a rabiscar o papel que tinha em mãos. Sua advogada disse-lhe algo no ouvido e a mulher deixou de fazer o que estava fazendo. Infelizmente, estando na sexta fila não pude identificar o que tinha escrito ou desenhado no papel.

– O mal invade tudo – continuou a promotora com aquela voz que a caracterizava –, inclusive a culpa fica afogada. Poucas vezes na minha carreira deparei-me com uma canalhice deste calibre. Porque, notem, a canalhice não é senão uma absoluta indiferença.

No todo não foi tão ruim. Foi, provavelmente, sua melhor atuação. Falava com raiva, isso era evidente.

Carmela Basaguren interveio, então, para reiterar o pedido de absolvição, trazendo à tona uma última vez o artigo 20.I do Código Penal. Era terrível o que tinha feito? Dificilmente ela poderia imaginar algo pior. Era inaceitável o que tinha acontecido com aquelas crianças que mereciam toda a proteção e amor do mundo? Não cabia dúvidas. Mas era justo prender aquela mulher destruída, estraçalhada, confusa para o resto da vida? O que se aproveitaria de algo assim? Aplicando a Alice uma pena severa, sentiria o júri que estava fazendo algo justo? Poderiam voltar às suas casas com a consciência tranquila, abraçar seus filhos, dormir sem peso? Eles se sentiriam realmente próximos dessa abstração ideal que chamamos justiça fazendo óbvias as circunstâncias tão particulares que rondavam o caso enfiando aquela mulher em um buraco negro, para depois desfazer-se das chaves? Devia relembrar quais eram as circunstâncias? Uma retomada rápida: depressão, psicose, alucinação, paranoia, reações violentas inesperadas... por fim, uma falta absoluta de controle sobre seus atos.

Qualquer que fosse a decisão do júri, deveriam levar em consideração que Alice viveria com o que havia feito por toda vida. E com a lembrança dos filhos: as fotografias, as roupinhas, os berços. E os cheiros. Os cheiros nunca são esquecidos. E isso, esse peso constante, não variaria de acordo com a decisão do júri.

Alice levantou-se, então, para sua última alegação e, maneira automática, pronunciou as seguintes palavras enquanto o júri e o público prendiam a respiração:

— Espero encontrar-me com meus pequenos em algum lugar, alguma vez. Então os pedirei perdão. Fazê-lo aqui não tem sentido.

Todos permaneceram em silêncio por alguns segundos, porque o juiz não teve certeza se Alice terminou ou não. Talvez seja um bom momento para que a acusada comece a chorar, mas não foi o que aconteceu.

Isso foi tudo.

Agora sim, pode sentar-se a acusada.

O juiz se dirige aos membros do júri. Recorda-lhes sua obrigação, aconselha-lhes calma. Dois jurados dão sinal de que vão se levantar e o juiz, mal-humorado, talvez a fim de demonstrar sua autoridade uma última vez, lhes impele a sentar. E assim acaba o julgamento. Não com uma explosão, senão com um suspiro.

Saio nervosa da sala: muita gente aqui, ambiente pegajoso. Já não penso no blefe que foi esta última sessão. Não teve clímax, mas não me importa. Outra coisa ocupa minha mente. Logo chegará o momento de desembaraçar e organizar o que aconteceu hoje. Agora tenho um encontro.

Ou nisso creio. Espero. Mas não o vejo, merda, onde está, vou esperá-lo na saída, mas e se não nos vermos, nem sequer tenho seu telefone, o que posso fazer, mas se estiver aqui, bom, tranquila, agora calma, ele vem até mim, melhor assim, eu disfarço, pego o telefone? Não, também não devo exagerar, está acenando com a mão, eu também devo cumprimentá-lo, vamos, um sorriso discreto, mas calma, não está acontecendo nada, oi, como está, fim, acabou o que tinha que acabar, pois é, reunião para sentença, droga, não estou com fome, pois é, eu estou, comemos, então, vamos, você terá que sugerir algo, não conheço a região.

5.
Reunião para sentença

> "Recordo momento de paz quando, por alguma
> razão, era possível ir sozinha ao banheiro."
> **Adrienne Rich**

E tudo aconteceu mais ou menos como eu havia imaginado, porque Jakes conhecia a região e logo mencionou um restaurante japonês que ficava a uns duzentos metros do tribunal; ao perguntar se eu gostava de comida asiática, respondi imediatamente que sim, que na época em que vivia em Londres escolhia essa opção com frequência, *pad thai*, sopa de missô, menu barato em uma cidade caríssima. Em Londres, você diz? E o que você fazia lá? E entramos no terreno cômodo e clichê durante o trajeto que nos levaria ao restaurante. Até que tivemos que parar naquele estúpido semáforo vermelho; a coisa fluía bem, como o previsto, e estava feliz e tudo era possível. Ao nos depararmos com o semáforo vermelho, lembrei-me rapidamente do meu celular, no silencioso durante toda a manhã, e pensei que era o momento de retirá-lo da bolsa, um impulso estúpido, quase um tique. Antes mesmo de ver a tela, sabia que alguma coisa não estava bem.

Sete chamadas perdidas: três da creche, outras quatro de Niclas. E uma mensagem, sucinta, deste último: "Ligue quando puder". O semáforo ficou verde, mas eu não me movi. Tampouco olhei para Jakes, que com certeza estaria observando confuso sua amiga. Uma voz dentro de mim me impeliu a jogar o celular debaixo da roda de um ônibus, mas reprimi essa voz e liguei para Niclas, querendo parar bruscamente o trem da minha imaginação.

– Não se preocupe, mas estou no hospital com o pequeno. Aconteceu alguma coisa. Está com muita febre e um pouco sonolento, não consigo mantê-lo acordado.

Que eu não me preocupasse, dizia o maldito. Mas eu me preocupei, claro que sim. Tanto que me despedi desajeitadamente de Jakes, sinto muito, tenho que ir, e caminhei com as pernas trêmulas até o lugar onde havia estacionado do carro, e segurei o choro até que recebi uma ligação da minha mãe, já sabendo do caso por meio do meu pai, mas eu poderia contar-lhe um pouco mais, nuca rígida, febre alta, ia fazer alguns exames, e eu já não sabia mais porque eu estava longe, em um tribunal, não, ainda pior, estava com um homem, a ponto de comer com um desconhecido interessante, tinha que desligar, ligaria assim que as coisas estivessem um pouco mais claras. E nesses sessenta e cinco quilômetros de estrada que me separavam da minha cidade tive tempo de pensar em muitas coisas; e todas foram feias e obscuras e cheias de culpa e medo.

Uluru.

Dingo

Rodésia.

Alasca.

Pavilhão pediátrico. São Pelágio do hospital de Basurto.

E se esse fosse o título definitivo que eu estava procurando?

A médica é uma profissional, mas também quer demonstrar que é de carne e osso.

A médica não deseja que você se preocupe muito, mas também não quer dar falsas esperanças.

A médica quer que você compreenda todas as arestas do caso, mas sem parecer muito técnica.

A médica tem pressa, muitos pacientes a esperam, e está cansada, um plantão movimentado.

A médica te pergunta desde quando o menino está mole, e você quer dizer que nesta manhã já tinha percebido que ele estava um pouco quente. Mas não pode dizer isso. Como dizer que você tinha suspeitado que ele podia estar com febre, mas que se fez de louca; como dizer que com frequência sua temperatura subia, mas que era apenas uma gripezinha, que no dia seguinte já se levantava bem. Como dizer que preparou uma marmitinha cheia de lentilhas, que o levou para a creche como todos os dias, que retirou sua roupa e que o deixou de *body* nos braços da cuidadora, como sempre faz. Como dizer que, efetivamente, pensou na possibilidade de que ele estivesse doente, mas disse para si mesma *Bom, se pela tarde ele continuar assim, levo na pediatra, mas agora realmente preciso ir*. Como explicar que, ainda assim, deixou o telefone no silencioso durante toda a manhã, que se deu esse direito. Como explicar a essa doutora que Jade, que Alice, que os gêmeos, que a banheira, que o julgamento, que a última sessão, que Jakes, que uma história que teria um final com grande clímax...

Mas não houve clímax no julgamento, porque o final surpresa ia desdobrar-se apenas aqui mesmo, para mim.

Neste corredor verde.

O corredor verde mais triste do mundo.

Por acaso eu ainda não tinha aprendido a lição? Aqui estava a aula magistral e definitiva. O que é que deve fazer uma mãe? Bisbilhotar julgamentos, ler poesia brasileira, comer em restaurantes asiáticos com desconhecidos exóticos?

Não. Uma mãe tem que sofrer. Ajoelhar-se embaixo da cruz e chorar desconsoladamente. Assim, cumpre seu destino. Nesse lugar chamado Calvário. *Mater dolorosa, mater lacrimosa.*

Mas a médica disse, oferecendo alívio, oferecendo suporte para futuros álibis.

– É normal que pela manhã estivesse bem, a meningite pode evoluir muito rápido.

E logo, com grande rapidez para desfazer-se rapidamente do efeito dessa palavra maldita:

– Bom, esperemos os resultados dos exames, tentem ficar calmos.

O júri retira-se para deliberar.

●

Erik é muito magrinho. Sempre foi assim. Nunca pude beliscar suas coxinhas. A ponto de cumprir quatorze meses e quase não ter cabelo. Pela rua, poucas vezes me disseram que era "um bebê bonito"; o que, sim, me disseram era que tinha "cara de adulto" ou "cara de menino", e na sequência, para compensar, também acrescentavam tem "olhos bem vivos". Mas nesta maca de hospital, com as bochechinhas rosadas, com sua única mecha de cabelo colada na testa e dormindo em paz graças aos antibióticos, dou-me conta, de novo, que é perfeito.

Para mim é perfeito.

Também é, por azar, meu calcanhar de Aquiles, uma fraqueza evidente.

Há mães que escrevem em fóruns online que, desde que são mães, são mais fortes, mais poderosas, imbatíveis leoas, puro rugido, puras garras. Eu, ao contrário, nunca me senti tão fraca. Agora é muito mais fácil atacar-me, afogar-me, fazer-me explodir. Tenho um alvo pintado na testa. Qualquer um pode saber por onde começar o ataque. Do que falam as mães da internet? Não tenho ideia. Assim como elas, eu também sinto o mandato imperioso de defender minha cria: e se tenho que rugir, rugirei, e se tenho que usar as garras, rapidamente as usarei. Mas também sei da minha impotência, mais impotente que nunca, pois de nada me servem as garras, os rugidos, se acontece um acidente de carro, um sequestro no parque, o incêndio na creche, a leucemia, o *Streptococcus*. Mais perdida do que nunca, na verdade; mais fraca do que nunca, com meu filhotinho do lado.

Senti a dor mais profunda quando vi como a agulha penetrava na medula espinhal de Erik. Tive que desviar o olhar. Niclas me abraçou.

Chegou o veredito. A pulsão lombar confirmou que se tratava de uma meningite viral. Não era, a princípio, grave. Podíamos respirar. Um prêmio, um desses que talvez não merecesse. Ou uma repreensão. O policial que te dá uma bronca, mas não chega a te multar. Mas que não se repita, ok? Ainda assim, tivemos que passar a noite em observação: queriam controlar a febre que continuava muito alta. Liguei para minha mãe, repetiu que poderia pegar o próximo avião se fosse necessário, mas lhe assegurei que estava tudo sob controle. Nunca saberei se tinha reais intenções de vir. Passamos a noite um de cada lado da maca, em poltronas infernais, aquilo parecia um presépio ortopédico. Não dormimos. O bebê sim. Acordou uma única vez e coloquei-o para mamar no peito, senti sua boca arder no meu mamilo. De tempo em tempo falávamos de qualquer coisa que nos viesse à mente. As palavras abrandavam a noite, ajudavam-me a esquecer o incômodo. De vez em quando o bebê tossia, calávamo-nos. Como virava para o lado e seguia dormindo, retomávamos a conversa sussurrando. Ainda podia sentir seu cheirinho de recém-nascido, ainda que não fosse como antes, e ainda que logo passasse a ser apenas uma lembrança.

– Estamos nos saindo bem – disse Niclas.

– Faremos ainda melhor de agora em diante.

Na verdade, queria dizer que *eu* faria melhor.

Enfim, Niclas também dormiu. Com o pescoço torcido, seu ronco saía mais agudo do que normalmente. Parecia uma criança. Agora tinha duas para cuidar. Me senti muito sozinha.

Amanheceu. Erik continuava sem se recuperar, só queria colo, essa energia exuberante que lhe impulsionava a explorar o mundo à sua volta sem preocupação alguma o tinha abandonado. Tivemos que permanecer à espera do pediatra. Não era o mesmo do dia anterior, mas nos disse a mesma coisa: que não havia outra maneira, que tínhamos que esperar, mas que, como o bebê continuava dormindo e a febre continuava alta, o melhor seria deixá-lo mais uma noite em observação. Foi uma decepção que logo se converteu em ódio pelo médico. A angústia que parecia já dissipada voltou a aparecer e atacar. Aquilo me parecia uma pegadinha de final de filme, no último momento, quando tudo finalmente parece estar bem, chega o golpe, a peça do destino. O ladrão já com idade avançada que, contra sua vontade, aceita um último serviço antes de retirar-se e é alvejado no final pela polícia. O soldado que se voluntaria para uma missão suicida justo na véspera de sua aposentadoria. O doente que morre quando já estão preparando seus documentos para alta.

Eu estava preparada para voltar para casa e ser uma mãe exemplar. Em vez disso, tive que ir embora sozinha, tomar banho em meio a um silêncio mortal, tentar dormir sem sucesso por dez minutos e voltar para o hospital com a roupa limpa. Ao anoitecer, insisti para que Niclas fosse para casa dormir e eu me preparei para passar uma segunda noite naquela poltrona. Sozinha naquela sala de observação – por sorte, naquele momento não tinham outras crianças –, voltei ao círculo de pensamentos angustiantes: convulsões, morte súbita, paranoia de que os médicos não estivessem falando toda a verdade. Aquela segunda noite foi a pior. Não encontrei consolo em nada.

Mas também essa noite passou e, depois da visita de praxe do pediatra, fomos os três liberados para ir para casa. Enquanto não coloquei os pés na rua não fiquei sossegada. Já no metrô fui me convencendo de que o pior tinha passado. Tínhamos saído ilesos do massacre de Herodes. Erik estava novamente feliz, praticando sem parar as novas palavras de seu vocabulário.

– Mamãe, mamãe! Tchau, tchau! – gritava, e a metade dos passageiros riam da graça.

Entre as estações de Uribitarte e Pío Baroja meu celular tocou. Não conhecia o número e optei por não atender. Tinha pegado aversão a esse aparelho. Mas, no final, a força do hábito fez com que eu atendesse a ligação.

– Bom dia! É o Jakes, você se lembra de mim ou já se esqueceu? Onde você está? Você perdeu o veredito do júri!

Jakes tinha ficado intrigado com a minha presença desde o início do julgamento. E mais ainda depois do meu sumiço. Na verdade, ele tinha me reconhecido desde a primeira vez. Por fim, bastou cruzar duas ou três informações com uma amiga de Cultura para descobrir quem era eu. Casualmente, essa amiga tinha meu celular anotado em sua agenda, por uma entrevista de muitos anos atrás. E Jakes tinha pedido que o passasse. Eu disse que não precisava me dar tantas explicações, que fosse direto ao ponto.

– Aceitaram o excludente de responsabilidade penal.
– Quê?
– Culpada, mas não irá para a berlinda.
– Não é possível.
– Ainda é preciso esperar a decisão do juiz sobre o que ela fará para substituir a pena de prisão. Perdão, ainda não perguntei se está tudo bem com você, como da última vez que nos vimos você saiu correndo...
– Sim, sim, está tudo bem, mas agora não posso falar, te ligo mais tarde.

Descemos do metrô e, diante do gesto de curiosidade de Niclas, encolhi os ombros, menosprezando a importância da ligação, não porque eu quisesse ocultar a existência de Jakes, mas porque estava disposta a assumir meu papel de mãe que cuida do filho doentinho e todo o resto não faz mais parte.

Em casa, Erik dormiu assim que chegamos, e Niclas e eu pedimos sushi. Liguei a televisão, por mais que Niclas odeie comer com a televisão ligada, estava certa de que os jornais começariam com o veredito da Alice, mas não foi o que aconteceu. Foi a quarta ou quinta notícia, e bastante sucinta. Declararam culpada de dois assassinatos a mulher que afogou o seu casal de gêmeos, mas aceitaram as circunstâncias excludentes por transtorno mental.

Nas imagens do interior do tribunal, Alice olhando para o nada, com uma mão sobre a outra; breve declaração de Carmela

Basaguren, expressando uma satisfação moderada à espera da sentença do juiz.

Niclas pareceu ignorar a notícia, e eu também não quis comentá-la com ele. Necessitava pensar e reavaliar minha situação. Tinha dois mil e tantos euros na minha conta corrente. Uns três meses para terminar o livro. Toda uma vida para esquecer o que Alice tinha feito e a decisão favorável do júri.

HIPÓTESE A

Quando seus medos te dominam a ponto de você provocá-los pensando que assim recuperará o controle da situação. Terapia de choque levada ao extremo.

Obcecada com a fragilidade dos gêmeos, a única maneira de livrar-se dessa obsessão foi fazer o que mais a sufocava. Olhar o medo nos olhos e saltar.

HIPÓTESE B

Quando você consegue tudo com muita facilidade, quando acredita não merecer o que tem ou simplesmente não valoriza tudo que tem, isso pode te destruir com uma frivolidade assustadora. Essa hipótese pode explicar tanto os fatos como a exposição de quadros abortada. Nessa época, Alice já era *expert* em destruir seu passado e começar do zero, como tinha demonstrado ao acabar com Jade. Trata-se, definitivamente, do poder destrutivo que se encontra no verso do *self-made (wo)man*, slogan egocêntrico-capitalista.

HIPÓTESE C

Psicose pós-parto, corolário de uma réstia de doenças mentais sem diagnóstico. Hipótese que explica tudo com textos científicos sem necessidade de atualização.

HIPÓTESE D

Como dizia tio Ben, um grande poder requer uma grande responsabilidade. Não há imperfeição na sabedoria do tio de Spider-Man, mas o contrário também era verdadeiro: uma grande responsabilidade requer um grande poder. Essa responsabilidade que sente todo aquele que mantém uma vida entre os braços, esse poder. Um poder que, para alguns, é irresistível. (Certamente, a frase original não é do tio Ben, mas de Roosevelt, deixada para a história em abril de 1945, na véspera de sua morte e como preparativo para a destruição do Japão.)

HIPÓTESE E

A conspiração. Um complô produzido a quatro mãos, pelo esposo e pela esposa, em busca de recuperar uma vida sem filhos. Não seria difícil imaginar que dois psicopatas simpatizem um com o outro e cheguem a se casar, realizando projetos de vida e morte em comum. Uma vez comprovado que ter filhos não era como tinha previsto, dão início ao teatro: a mãe cultivará em público a fama de pessoa instável e problemática; a ausência do pai não melhorará o quadro. A própria sociedade decidirá, então, que os fatos são perdoáveis.

A hipótese A requer de uma heroína trágica, uma infância de abandono, uma adolescência confusa, um destino marcado desde o berço. Uma aproximação metade psicológica, metade mitológica. A hipótese B precisa de uma explicação sociológica, uma revisão da questão da classe social, talvez até o ponto de citar Marx (as condições materiais determinam nossa consciência etc.). A hipótese C é a resposta objetiva da ciência, a verdade inescapável, o alívio do júri e o fim da literatura. Para entender a hipótese D, basta relembrar um clássico filme basco, *La muerte de Miked*, e convocar essa mãe toda-poderosa e sem coração. A hipótese E resulta a mais adequada para os cânones da literatura obscura e a que melhor me posicionaria na corrida pelo *best-seller*.

A verdade, ou isso que nos conformássemos a chamar de *verdade*, muito provavelmente misture as hipóteses A, B, C, D e E em doses desconhecidas.

A literatura é alquimia.

●

A seguir reproduzo um breve excerto, mas bastante ilustrativo, de uma entrevista que Jakes Ruiz de Infante realizou com Carmela Basaguren, advogada de defesa, e que foi publicada em 27 de outubro, data de aniversário de Sylvia Plath e do meu:

Pergunta: Você expressou satisfação pelo veredito e por suas possíveis consequências futuras. A que se refere exatamente?
Resposta: Realmente acredito que este caso suponha um ponto de inflexão e que vai animar o debate social em torno das doenças mentais e seu tratamento penal. Chama a atenção às falhas do sistema penal diante desses casos, e não falo apenas de recursos

materiais, refiro-me também à falta de sensibilidade e perspectiva. É como se entre juízes e psiquiatras estivessem passando uma batata quente. O que devemos fazer com os doentes mentais que cometem crimes? Agora, como disse, primaram a improvisação e as soluções provisórias. Este caso, por suas particularidades e por seus ecos midiáticos, ajudará a mudar as coisas.

P: O juiz, seguindo a decisão do júri, substituiu a pena de prisão por tratamento psiquiátrico, mas neste caso optou pelo tratamento ambulatório. Alice Espanet nem sequer pisará em um hospital psiquiátrico.
R: Exato. Um grande acerto do juiz, do meu ponto de vista, que soube detectar e atenuar as desvantagens do nosso sistema penal. Há apenas dois hospitais psiquiátricos penitenciários no nosso Estado, e os dois são bem longe, um fica em Alicante e o outro em Sevilla, imagine como seria. Se Alice tivesse que ficar internada em algum deles seria um grande transtorno para sua família. Além disso, neste caso são oferecidas todas as condições para que um tratamento ambulatório tenha êxito: uma boa situação econômica, o compromisso do marido... As instituições cuidarão para que o tratamento de Alice continue e ela se reabilite completamente.

P: Desculpe, mas você está dizendo que esta sentença favorável se deve *ao* status social de Alice?
R: De maneira alguma diria algo assim.

6.
Alquimia

"Eu sou vida, e tudo o que eu toque viverá."

Arantxa Urreta Bizkaia

A literatura é alquimia. Conhecimento pré-científico, bárbaro, místico, racional, emocional, utópico, político, frio, momentâneo, louco, belo, terrível, rítmico, caótico, cansativo, feio e revigorante. Um mistério. Um quê, aqui e agora, não precisa de respostas porque você não me faz perguntas. Escrevo, e tudo, por fim, se encaixa no seu devido lugar. C-a-d-a-l-e-t-r-a.

Cada respiração. Cada suspiro. "Diga tchau para sua mãe!". E o filhotinho me diz "tchau, tchau" com a mãozinha. E se vai com a avó que acaba de conhecer. Minha mãe também parece feliz. Feliz está, sem dúvidas Niclas, com sua prancha de surf, sua pressa por pegar ondas, tanta pressa que nem sequer me dá um beijo de despedida. E principalmente: feliz eu. Feliz por estar sozinha na casa da minha mãe, fugindo também de portas adentro. Não é verdade, mas tudo está perfeito: a temperatura, o cheiro, o som do mar e este ritmo frenético e sensual das teclas. Todos estarão de volta em duas ou três horas. Erik dormindo, esgotado depois de brincar entre pedras vulcânicas; minha mãe, fascinada como quem olha pela primeira vez embaixo de uma concha de um pequeno molusco; Niclas, com o nariz descascando e esse cheiro selvagem, mais loiro que nunca.

Não é verdade, mas tudo está perfeito, e essa perfeição acabará em seis dias. Em seis dias voltarei para o mundo real: minha mãe nos dirá adeus com certo alívio, recuperará sua solidão, irá se sentir orgulhosa do presente que nos deu e lembrará a si mesma de não repetir a experiência por um bom tempo. Dentro de seis dias olharei de novo o estado da minha conta corrente, o que fará com que novamente me prepare para os rigores do trabalho assalariado. E, principalmente, terei que ler todas essas páginas que fui abandonando, um encontro violento e desagradável. Ali me esperarão os mortos e os vivos: Alice, os gêmeos, o fantasma de Sylvia Plath e o de seu filho suicida, ali estarão também Austrália e Rodésia, e esse lugar chamado Calvário, a ferida da mulher que pariu recentemente e a banheira de plástico verde. Ali estarão de novo todos aqueles a quem eu acreditei dar forma, talvez já derretidos, assim que tirei deles o meu olhar gélido. O que se pode esperar deste sol de Lanzarote.

E no meio da poça, ensopado, me esperará o lado escuro do meu poder, minha responsabilidade: ali estará, olhando-me nos olhos, pedindo-me para prestar contas. Essa responsabilidade, esse peso que resiste em deixar-me porque, em algum momento, várias vezes, quis colocar-me no seu lugar. Eu fui essas mãos. Mãos que afogam crianças. As mãos da mãe. As que não tiveram compaixão. Em algum momento, várias vezes, cheguei a entender o que fizeram ou dei a entender que entendia ou deixei entrever que talvez poderia chegar a entendê-lo (para que tantas voltas, se não me conduzia à ânsia de encontrar uma saída?), e o que é pior, também quis levar você comigo a este território lamacento.

Depois voltava, claro, sempre volto para este lado do mundo, o território limpo do amor e das palavras amáveis, para o mundo das mães que presenteiam com passagens de avião sem esperar nada em troca; para o universo das mães que cantam sete vezes a canção dos sete carneirinhos para que o bebê durma; para as noites das mães que recuperam encontros meio sujos e meio satisfatórios com maridos surfistas, e de vez em quando escrevem mensagens clandestinas, porém inocentes, para jornalistas morenos. Voltei, sim, mas talvez sem ser a mesma, esperando, desde sempre, que você não seja a mesma, que neste escuro e compacto compartimento esteja tão enlameada como eu. Aqui está minha responsabilidade, meu poder, minha culpa.

É um impulso, uma propensão inata a narrar o território lamacento. Não se trata de uma obrigação moral nem de uma denúncia social. É algo muito mais básico. O território lamacento está aqui, assim como está ali o Everest, irresistível. Sobretudo para os que somos como eu. Imperfeitos. Somos. Sou. Viveria melhor sem este impulso absurdo que me empurra para encontrar o adjetivo exato para uma mãe infanticida? Seria tudo mais fácil sem ter que dedicar completamente minhas horas, meus dias, meus melhores anos a este exercício? Seria eu mesma mais feliz jogando com o que escrevem os outros, aproveitando momentos, sofrendo momentos, esquecendo momentos, relembrando momentos, sem pensar em como expressá-los prontamente em palavras da maneira mais voraz possível, por medo de que ao contrário não sejam reais? Suspeito que a resposta para todas essas perguntas seja sim, mas na verdade não importa, porque uma pessoa não escolhe seus impulsos livremente. Criar, destruir. Às vezes devo ser um monstro, fechar o trinco, sujar-me as mãos, cobrir de lamas as almas cândidas. Poucas vezes.

Ao menos não me engano. Tudo o que foi feito fiz por mim. Seguindo um impulso, até a última vírgula. Mas quero pensar que, em certa medida, também fiz por eles. Um reconhecimento ou uma oferenda, uma mostra de tudo o que lhes foi negado, um pouco de ternura, ao menos, na lembrança desses gêmeos que muito provavelmente também eram perfeitos. Por fim, eu sou vida. E quando o dia termina, tento afugentar a morte.

©2022, Pri Primavera Editorial Ltda.

©2022, Katixa Agirre

Equipe editorial: Lourdes Magalhães, Larissa Caldin e Manu Dourado
Tradução: Rafaela Souza
Preparação: Larissa Caldin
Revisão de texto: Letícia Bergamini
Ilustração da capa: Paloma Dalbon
Projeto gráfico e capa: Editorando Birô
Diagramação: Manu Dourado

Dados Internacionais de Catalogação na Publicação (CIP)
Angélica Ilacqua CRB-8/7057

Agirre, Katixa
   As mães são muitas / Katixa Agirre ; tradução de Rafaela Souza. - São Paulo : Primavera Editorial, 2022.
   204 p.

Bibliografia
ISBN 978-65-86119-48-0
Título original: Las madres no

1. Ficção espanhola I. Título II. Souza, Rafaela

22-1258   CDD B863

Índices para catálogo sistemático:

1. Ficção espanhola

PRIMAVERA
EDITORIAL
Av. Queiroz Filho, 1560 - Torre Gaivota - Sala 109
05319-000 – São Paulo – SP
Telefone: (55 11) 3031-5957
www.primaveraeditorial.com
contato@primaveraeditorial.com